双葉文庫

甲次郎浪華始末

蔵屋敷の遣い

築山桂

目次

蔵屋敷の遣い　甲次郎浪華始末

第一章　落ちた鳩

一

影が、空から落ちてくる。

不吉なものが視界をかすめた気がして、千佐《ちさ》は空を仰いだ。

あたりには、自分と従妹《いとこ》の信乃《しの》以外、人影はない。

琴の師匠に初孫が生まれ、祝いの品を届けに行った帰り道だった。

日頃は家まで稽古《けいこ》をつけに来てもらっているから、こちらから出向くことは初めてだった。

武家屋敷にも出入りの多い師匠は、息子夫婦と共に江戸堀町に住んでいるのだが、この界隈《かいわい》は大名家の蔵屋敷が多く、人の気配が少ないのだ。

通り沿いにも白壁が長々と続き、同じ大坂市中とはいえ、商家の連なる船場や島之内とまるで違う。

急ぎ足の手代に丁稚《でっち》、買い物にいそしむ浪華雀《なにわすずめ》たちが忙《せわ》しなく行き交う心斎橋《しんさいばし》筋近くに暮らす千佐は、どこか、よその町に紛れ込んだような気にもなっていた。

「あ、鳥」

信乃は鈴のような声をあげた。

同じものを見ていたらしい。

落ちてくる影は、よく見れば、傷を負ったとおぼしき一羽の鳥だった。

何も不吉なものなどではない、と安堵《あんど》しつつ、落ちてくる鳥を、千佐は眉をひそめながら目で追った。

翼を震わせながら、鳥は、数間先の地面に落ちた。

「千佐ちゃん、あの鳥……」

信乃が、泣きそうな声をあげた。

名を呼ばれるより先に、千佐は駆け出していた。

傷ついた鳥の向こうから、角を曲がってきたばかりのべか車（大八車）が、現れたのだ。

（轢《ひ》かれる）

荷をおろした身軽なべか車は、がらがらと音をたてて、動けない鳥に近づいていく。

千佐は、べか車の前に飛び出した。

間一髪で鳥を拾いあげ、つんのめりながらべか車を避けると、車引きが怒鳴った。

「ど阿呆《あほ》、ひき殺すど！」

そっちこそ少しは気ぃつけたらどないやの、とその背に言い返そうとして、千佐は言葉を飲み込んだ。

さすがに、自分が悪い。

べか車の前に飛び出すなど、子供でもやらないことだ。

肩で息をつく千佐の脇を、車引きの舌打ちを残して、べか車は走り去った。

「千佐ちゃん、大丈夫？」

青ざめた顔で信乃が歩み寄ってきた。

信乃は、こんなときでも、走り寄るということをしない。

白く透き通る肌と、折れそうに華奢《きゃしゃ》な躯《からだ》を持つ二つ下の従妹は、生まれつき虚弱で、激しく体を動かすことを医者に止められて、十八までを生きてきたのだ。

「大丈夫」

千佐は信乃に笑いかけた。

「うちは、平気」

病いがちで美しい従妹を安堵させ庇護《ひご》するのは、いつだって、千佐の役目だった。

大坂市中から五里ほど離れた在郷町富田林《とんだばやし》で、千佐は造り酒屋の末娘として生まれ育った。

叔母の嫁ぎ先である市中の呉服屋、若狭屋《わかさや》に寄宿することになったのは九つのときである。

この時代、在郷町の富裕な家に育った子供は、ある程度の年齢になると、大坂市中に寄宿先を探し、お稽古ごとの師匠についたり、寺子屋に通ったりするのが常だった。

千佐の姉も前の年までは、同じように若狭屋に暮らしていたし、千佐が入れ替わりで寄宿することも、何年も前から決まっていた。

若狭屋にやってきて、千佐は初めて、二つ下の従妹、信乃に会った。

信乃は、人形のように美しかった。

病弱な体を気遣って、まわりがほとんど外に出さずに育てたため、透き通るように白い肌をしている。そのくせ、唇はほっとするほど朱《あか》く、千佐を見上げる瞳はつぶらで濡れたようだった。

慈《いつく》しまれ、大切に守られて育ってきた信乃は、姿ばかりか、心の中にも、曇りがなかった。誰にでも優しく、花や鳥にも惜しみない愛情を注ぎ、同時に、まわりから注がれるあたたかな言葉に、疑いのない笑顔で応える。

千佐ちゃんが来てくれて嬉しい、と鈴の音のような声で話しかけてきた娘が、自分の血を分けた従妹であることに、千佐はどきどきした。この子と仲良くなりたいと心の底から思ったし、これからずっと一つ屋根の下で暮らすのだと思うと、嬉しくなった。

そして、そのときから、美しくか弱い従妹をいたわり守ることは、千佐にとっては、大事な自分の役目となったのだ。

「ほら、この鳥、怪我してるけど、まだ動いてるから、手当すれば……」

そこで、千佐の言葉は止まった。

拾いあげた時には、気づかなかったのだが、手の中で力なく羽ばたこうとする鳥は、翼に鋭利な針が刺さっていた。

そればかりか、鳥の足には、小さな筒がくくりつけられていた。ちょうど、文を入れるのに適当な大きさだ。

（これは——）

不穏な匂いを、千佐は感じた。

ただの鳥ではない。伝書用の鳥だ。そして、刺さった針は、吹き矢と思われた。

近頃、大坂の蔵屋敷では、国元との連絡用に、鳩を飼うのが流行している。

天明三年（一七八三）に、鳩による伝書を行っていた米相場師がお咎《とが》めをうけ、伝書鳩を飼うこと自体に、禁令が出されたことがある。

しかし、それから七十年、世情は変わった。

嘉永《かえい》四年（一八五一）の今では、大坂の土佐堀川や堂島川沿いに並ぶ諸藩の蔵屋敷のほとんどに鳩小屋があり、国元と文の交換を行っている。

世知辛いご時世、そのくらいの通信手段を持たなければ、武家といえども、世間を乗り切っていくことは出来ないのだ。

役人も、すでに諦《あきら》めたようで、見て見ぬふりを決め込んでいる。

そんな伝書鳩の一羽が、武家地の近くで、文をつけたまま落ちてきた。いや、何者かに、落とされたのだ。

きっと、穏やかならざる事情があるに違いない。

そんなことは、一介の町娘に過ぎない千佐にさえ、思い浮かぶことだった。

（関わり合いにならんほうが……）

十や十五のおぼこ娘ならともかく、千佐は、もう二十歳にもなろうかという女だ。世の中には避けて通ったほうがいいものがあると、ちゃんと判っている。

けれど、

「可哀相に」

震える声とともに、脇から手が伸び、信乃が白く細い指で、傷ついた鳩の翼を撫《な》でた。

「千佐ちゃん、この子、すぐにお店に連れて帰って、手当せんと」

「信乃、そやけど」

この鳩はあかん、と千佐は、世間知らずの従妹を制しようとした。

そのとき、大股で駆け寄ってくる足音とともに、

「おい、そこの娘……その鳩をどうするつもりだ！」

焦《あせ》りを含んだ、男の声がした。


天神祭に続いて、住吉の夏越祭も終わると、大坂の夏は去《い》く。

襟元をひんやりとした風に撫でられ、甲次郎《こうじろう》は眉根を寄せた。

本町の店を出てから、心斎橋筋をのんびりと歩いてきたが、このぶんでは、また雨になるかもしれない。

「ああ、こら、あかん。そろそろ店じまいせな」

屋台の多い心斎橋筋では、天気に敏感な主が、すでに店をたたむ準備を始めていた。

それにしても今年は商売あがったりやわ、とつぶやいているのは、白髪交じりの冷水売りだ。

確かに、今年の夏は、まったく夏らしくなかった。

雨が多く、日が照らず、汗をかくことすら稀《まれ》だった。

むろん、夏がこの有様では、屋台の親父が嘆くくらいで、ことはおさまらない。

東国ではすでに飢饉《ききん》が懸念されていようし、ならば、「天下の台所」と呼ばれるこの町では、早々に、米相場が激しい動きを始めているはずだ。

凶作の噂《うわさ》も、豊作の知らせも、まずは商いの元として受け止めるのが大坂のやり方で、目端が利《き》かねば取り残されるし、耳が早くなくては生きていけない。良くも悪くも、そういう町なのだ。

深刻な飢饉が東国を襲ったとして、そのとき、若狭《うち》屋の商売はどう動くだろうか——と、そこまで考えて、甲次郎は、ばかばかしい、と首を振った。

売り物の値を案じるなど、商人《あきんど》のすることだった。

（おれの体には、武士の血が流れている）

その思いを、甲次郎は、今なお、捨てきれずにいる。

それを誇りと呼ぶべきなのか、甲次郎には判らない。

ただ、まだおれは商人になったわけじゃない——そう思いたいのだ。

もっとも、自嘲《じちよう》とともに我が身を見つめ直してみるまでもなく、甲次郎は、本町の呉服屋のぼんと呼ばれて育った男だった。

そのことに反発して家を飛び出し、放浪生活を送ったこともあったが、結局は、生まれ育ったこの町に舞い戻ってしまった。

それが三年前のことで、今は、もう、養家の一人娘と夫婦になる将来の姿が透けて見えている。すでに甲次郎は二十五で、この町にいる限り、どうあがいても、じきに自分は呉服屋の主だ。

現に、甲次郎の身なりも、どこから見ても、武士とはいえない。

三筋格子の着流しをだらしなく着崩し、腰には当然、刀などなく、ふらふらと新地をうろつけば、武士はおろか、まっとうな町人にさえ見えなかろう。

ばくち打ちか、でなければ、それと紙一重の職人崩れといったところで、ひとことでいえば、半端物でしかない。

甲次郎は、一つ頭を振った。

くだらない考えを追い払うと、甲次郎は、歩調を早めた。

(雨の降らないうちに、あいつを迎えに行かないと)

「それはおれの落とした鳩や。返せ」

二人の娘の前に立ちはだかったのは、町人髷《ちょうにんまげ》を結い、一見、どこぞのお店者《たなもの》と間違えそうな身なりの男だった。

だが、うっすらとのびた無精髭《ぶしょうひげ》に、爪の間に泥の入り込んだ手は、あきらかに商人とは違う匂いを感じさせた。言葉も、上方風《かみがた》ではあるが、大坂者のそれとはどこか違う。

だからというわけではないが、千佐は、すぐには男の言うことをきかず、黙ってその顔をにらみ返した。

鳩は返すつもりだった。

それでも、こんな高飛車な言い方はないだろう、と思う。

娘二人だと見てなめてかかっているのかもしれないが、そういう田舎臭《いなかくさ》い態度が千佐は嫌いだった。

（大きな声を出せばええと思て）

呉服屋の店先に時折現れる、田舎者の蔵役人みたいだと思った。

武士なのだぞ、と怒鳴れば、商人はなんでも言うことをきくと思っている。

「何や、その目は」

男は、また、怒鳴った。

「女のくせに、ひとの獲物を横取りする気か」

（女のくせに、て）

千佐はますます呆《あき》れた。

この状況で、男だ女だという必要がどこにある。

(阿呆らし)

思わず目を細めて男を見返しそうになり、それはさすがに思いとどまった。

そうやって馬鹿にしたように男を見るなよと、いつだったか耳元でささやいた男のことが、ふと頭をよぎったからだ。

(お前のそう言う目、本当、腹が立つ)

男は、千佐の顔をのぞきこみながら、そう言った。

えらそうな口調で言われたなら、むろん、千佐も、そんな言葉を素直に聞き入れたりはしない。

が、その男は、下がり気味の目尻ににやりと笑みを浮かべながら、艶《つや》めいた声でからかうように言ったのだ。

その声を思い出すたびに、千佐は思うのだ。

男の体には身分高い武士の血が流れていると耳にしたことがあるが、それは事実なのかもしれない。でなければ、たかが呉服屋の放蕩《ほうとう》息子が、あれほどに艶やかで美しい声を持てるはずがない。

「獲物ていうても……こんな小さな鳥を傷つけるやて」

あらぬことに思いをはせ、一瞬、言葉を返すのを忘れた千佐に代わり、泣きそうな声で口をはさんだのは、信乃だった。

「可哀相に、こんなとがった針で……」

「つべこべ言うな、女！」

男は、また怒鳴った。

「返せと言われたら、おとなしく返せばいいやろ」

次の瞬間、男が懐から取り出したものに、千佐はぎょっとした。

匕首《あいくち》だった。

「言うことを聞け、早く！」

物騒なものをぐいと胸先に突きつけられ、千佐はさすがに蒼白《そうはく》になった。

娘二人相手に、昼日中、そこまで乱暴な真似をするというのは、常軌を逸した行動に思えた。

男の目は血走っていた。一刻も早く鳩を奪い返さなければとの焦《あせ》りが全身からにじみ出ている。

何をそんなに焦っているのかと訝《いぶか》った千佐は、そこで、気づいた。

目の前の男は、二人の娘をにらみつける一方で、ある場所に絶え間なく目を走らせ、気にかけているのだ。

それは、たった今、千佐たちが通り過ぎてきた、白壁の武家屋敷の門だった。どこの藩の蔵屋敷か知らないが、ひときわ新しく立派な作りの門があり、そこには、当然、門番が立っている。

男は、その門番の目を、気にしているのだ。

(気づかれたない、ってことやわ)

だから、無茶をしてでも、千佐に言うことをきかせようとしているのだ。

あるいは、この鳩は、あの門のなかから、放たれたものなのかもしれない。

早くしろ、と男はもう一度言い、匕首を、今度は、大袈裟《おおげさ》にふりかざした。

さすがに千佐は怯《おび》えて身を引いたが、

「やめて、千佐ちゃんに乱暴するの」

世間知らずの信乃は、細い手をのばし、千佐と男の間に割って入ろうとした。

信乃、やめ――と慌てて千佐は止めようとした。

こんな男、何するか判らへん、と言おうとした。

だが、苛立《いらだ》った男の行動は、それよりも早かった。

「ええい、うるさい!」

わめいて、男が匕首を振り回し、小さな悲鳴をあげて、信乃の体が揺れた。

「信乃」

千佐の顔から血の気がひいた。

信乃が腕を押さえるのが見えた。袖が裂けている。

「ちょっと、信乃に何すんの！」

思わず怒鳴った千佐よりも、男のほうが、狼狽《うろた》えた様子になった。

「……てめえ、そんなとこにふらふら出てくるから……」

言いながらも、男は、匕首を持たぬ方の手で、千佐の腕をつかみ、あくまでも強引に、伝書鳩を奪おうとした。

腕をつかまれた千佐は、痛みに顔をしかめた。

そのときだった。

「乱暴だなあ、あんた。……うちのお嬢さんに何してくれんだ」

男の手首がぐいとねじりあげられた。

千佐の腕が、ふっと自由になる。

同時に、もう片方の拳《こぶし》が男のみぞおちに入り、ぐっと呻《うめ》いて男は身を折った。

その一瞬の隙《すき》に、匕首は、すでに突然現れた者の手に奪い取られていた。

千佐は、顔をあげた。

聞き間違えるはずもない声だった。

来て欲しいとは思っていた。けれど、よりによって、こんなときに、来て欲しくないとも思う声でもあった。

振り返った千佐の目に、やはり、予想通りの姿が映った。

下がり気味の目尻に、やはり笑みを浮かべて、しかし、目の奥には、どうやら本気らしい怒りを潜ませて、甲次郎が立っていた。

二

「甲次郎兄さん」

澄んだ声で、信乃がその名を呼んだ。信乃は甲次郎をいつもそう呼ぶのだ。

安堵の表情とともに、頰《ほお》を染める信乃は、甲次郎が来てくれれば何も心配は要らないと思っているようだった。

「……信乃」

甲次郎は、そんな信乃を見下ろし、破れた袖に眉をひそめつつも、優しい声音《こわね》で言った。

「帰りが遅いから店の者が心配してたぞ。いくら調子が良くなったからって、あまりふらふら出かけたりするな。だから、こんな頭の悪そうな男にからまれるんだ。――おい、千佐」

「判ってます」

信乃に対するのとは違う、呼びつけるような声音だった。

それでも千佐は、文句も言わず、信乃の軀を引き寄せた。

切られた信乃の腕を確かめてみれば、着物が裂け、わずかに血がにじんでいる程度だ。

良かったと胸をなでおろしつつ、それでも、千佐は悔しかった。

信乃に怪我をさせてしまった。しかも、それを甲次郎に見られた。

(後で甲次郎に何を言われるか……)

それが気にかかり、そんな自分が、悔しいのだ。

信乃と自分との間には、従姉妹《いとこ》どうしという血のつながりがある。

いや、それよりも、幼い頃から育んできた強い結びつきがあるはずだった。それは、甲次郎が入り込む隙間はないほどの絆《きずな》だと、ずっと思ってきた。

なのに、このごろでは、気が付けば、信乃のことよりも、甲次郎の目を気にしている自分がどこかにいる。

千佐ちゃん、と、信乃が、千佐の表情を気にしてか、慰めるように言った。

「うちは大丈夫。そやさかい、そんな顔せんといて」

「……うん」

どこかぎこちなく言葉を交わす娘二人の前で、甲次郎は、さて、とばかりに、視線を目の前の男に移した。

どうしてやろうか、と舌なめずりしているように、千佐には見えた。

町人である甲次郎は、普段は丸腰だ。

だが、今は手には男から奪い取った匕首があるし、たとえそれがなくても、甲次郎が一対一の喧嘩《けんか》で負けるなど、千佐には考えられない。

若狭屋の主人となるべく育てられた甲次郎だが、やはり血は争えないのか、幼い頃から武芸を好み、大坂には数少ない剣術の道場にも、昔は熱心に通っていた。

「あばれ甲次郎」といえば、武士の子弟すら怖がるほど、その腕は飛び抜けていたらしい。

もっとも、それはすべて、甲次郎が自身で千佐に語ったことで、本当かどうかは判らない。

けれど、千佐は、その言葉を、信じていた。甲次郎は嘘《うそ》つきだが、少なくとも、そういう嘘はつかない男だ。

「何や、貴様」

怒鳴ったのは、男の方だった。

「何だ、って、聞こえなかったか？　あんたが怪我させたのは、うちのお嬢さんなんでね。放っておけるわけがねえ。まさか、ただですむとは思ってねえよな」

「そいつらが、人の獲物を横取りするからや！」

「獲物？」

甲次郎が、もの問いたげに二人を振り返った。

伝書鳩、と千佐は応えた。

「うちらの目の前に落ちてきたさかい、助けただけや」

「へええ。そりゃ、おもしろい」

甲次郎は、千佐の掌中によこたわる鳩を見た。

「それでもめてたってわけか」

もう一度、甲次郎は目の前の男をながめた。

似合わない店者《たなもの》めいた着物と、浅黒く焼けた肌の男だ。

それが、武家地で、町娘と、伝書鳩の取り合いをしている。それだけで、訳ありの匂いは容易に嗅《か》ぎ当てられる。

うまくいけば、ちょっとした強請《ゆす》りの種でも見つかるかもしれない。

にやりと笑った甲次郎の頭にそんな思いが浮かんだであろうことは、千佐には手に取るように判った。

「甲次郎さん」

千佐は、慌てて、きつい声音で制するように言った。

「この鳩は、こちらさんにお返しします。あまりに乱暴な口をきかはるさかい、もめてしもただけで、これがこちらさんの鳩やて言うんやったら……」

「空を飛んでる鳥に、どちらさんのもんもねえさ。それに、信乃は、その鳩を手当してやりたいんだろう?」

なあ、と目で促すと、すべてを甲次郎にゆだねるように、ひっそりと一歩退《ひ》いていた信乃が、ためらいがちにうなずいた。

「とくれば、そう簡単には渡せねえ」

「甲次郎さん。信乃も、我《わ》が儘《まま》言わんと……」

喧嘩っ早い男と、世間知らずの従妹の間で、千佐だけが、やきもきと苛立《いら》ったが、甲次郎は構わなかった。

「あんた、町のもんにゃ見えないが、どこの百姓だ？」

甲次郎は、男に問うた。

「うるさい、とっとと鳩を返せ！　でないと……」

「でないと、どうなるんだ」

からかうような甲次郎の言葉に、男は応えなかった。

男の視線が、甲次郎から離れ、遠くを見たことに千佐は気づいた。

見る間に青ざめていく男の顔に、甲次郎も、異変を察して振り返った。

視線の先で、さきほどの蔵屋敷の門が開き、なかから数人の侍が姿を見せ、早足でこちらに近づいてくるのが見えた。

これには、甲次郎も眉をひそめた。

武家連中がからんでくると、話はややこしくなる。

――と、そのとき、

「あ、おい」

いきなり、甲次郎の目の前で、男が身を翻し、逆方向に逃げ出したのだ。

伝書鳩も、二人の娘も、甲次郎とのやりとりさえも放りだし、侍たちに背を向けて、見る間に遠ざかっていく。

その見事な逃げっぷりには、千佐も目を丸くした。

さっきまで威張りかえっていた男とは思えない態度だ。

(それほど、蔵役人が怖いんやろか)

千佐には、少しばかり不思議に思えた。

蔵屋敷詰めの武士たちは、千佐には、さほど怯えなければならない相手とは思えない。

「天下の台所」と呼ばれ、商いの中心地である大坂の町には、国元の米や物産品を運び込み、同時に、国元で必要な品を仕入れるため、各地の藩士がやってくる。

大坂の町には圧倒的に数の少ない二本差しだということで、居丈高になりがちなところはあるが、結局、彼らは商人の助けなしには何もできない。

最後には、商人に折れるしかない存在だ。

それを十分に自覚している賢い武士だけが、大坂で、蔵役人として勤めを全うできる。

二本差しだからといって、特に恐れる必要のない相手だった。

甲次郎も、そのあたりを判っているのだろう。逃げ去る男の後ろ姿を訝りの目で見つめながら、一方で、特に警戒もせず、駆け寄ってくる侍連中を待った。

「おい、お前たち」

侍は、五人いた。

足音高く走り寄ってくると、甲次郎ら三人を囲むように、立ちふさがった。

「屋敷の前で何を騒いでいた。さっきの男は、何者だ」

「さあな、おれは知らねえよ」

甲次郎はふてぶてしく言い返した。

「こっちだって、今、会ったばかりの相手だ。知りたきゃ、追っかければいいじゃねえか」

「貴様、町人の分際で、その口の利き方は何だ！」

侍は、声を荒げた。

なかでも、一番若い、つり目の男が大声でわめく。

「身分をわきまえろ。我らがどこの家中か判っているのか」

「若狭は小浜《おばま》、酒井家の家中……そうだろ？」

さらり、と甲次郎は応えた。

その、あまりにあっさりとした口調に、侍は逆に言葉に詰まる。

驚いたのは、千佐も同じだった。

（小浜の酒井家）

それは、千佐と信乃の暮らす呉服屋若狭屋にとって、縁の深い家だった。

そもそも、若狭屋という名も、主の宗兵衛《そうべえ》が若狭出身で、小浜の商家の生まれであるところからつけた名だ。小浜城下の呉服問屋の次男坊が、大坂に出て知人の店に奉公に入り、その後、一人で店を持つまでになった。

その小浜に城を持つ酒井家は、石高は十万石とさほど大身《たいしん》ではないが、祖をたどれば東照神君家康《いえやす》公の武将として名をはせた酒井正親《まさちか》にたどりつく、由緒ある譜代大名である。四代将軍家綱《いえつな》の時代に「下馬将軍」と呼ばれ権勢をふるった大老酒井忠清《ただきよ》の一族でもあり、本流は今は姫路に領地を持つ酒井家であるが、小浜の酒井家も親戚筋にあたり、これまでに老中を何人も輩出してきた名家だった。

今の当主忠邦《ただくに》も、すでに寺社奉行兼奏者番の役職にあり、いずれは老中にと噂される存在である。

（そうや、ここは、酒井家の蔵屋敷やったんや……）

千佐はようやく、思い出した。若狭屋の者ならば知っていて当然のことだというのに、すっかり忘れていた。

「次期老中にもなろうって家の侍が」

甲次郎は、右手で男の残していった匕首をもてあそびながら、言った。

「門前で町人が騒いだぐらいで、何を血相かえてんだ？　何か、まずいことでもあるのか？　たとえば、他見をはばかるようなことを、伝書鳩にくくりつけて国元に飛ばしたところだった、とか」

「伝書鳩……？」

つり目の侍は、ただ鸚鵡返《おうむがえ》しに甲次郎の言葉を繰り返す。

だが、その侍の後ろで、成り行きを見ていた中年の侍が、その言葉に、顔色を変えた。

千佐の手の中の傷ついた鳩に気づくと、はっきりと、表情が変わった。

「鳩を――」

「その鳩をこちらによこせ」

「……おっと」

一歩進み出た中年の侍を、甲次郎は、すかさず匕首を握りなおし、牽制《けんせい》した。

「そういうわけにはいかないな。こっちが拾った鳩だ」

「貴様、町人のくせに武士に刃を向けるか！」

つり目の侍が、再びわめく。

「甲次郎さん！」

千佐も、声をあげ、甲次郎の袖をつかんだ。

「何言うてんの、こちらのお屋敷の鳩なんやったら、お返しせんと」

「いや、ただでは返せねえ」

甲次郎は、じろりと千佐をにらみ、黙っていろと目で告げると、もう一度、侍たちに向き直った。

「こっちは、妙なことに巻き込まれて、連れに怪我までさせられたんだ」

「……判った」

中年の侍は、神妙にうなずきながらも、目を細め、一歩を踏み出した。

刀に手をかけたわけでも、身構えたわけでもない。

だが、それが、はっきりとした敵意の表明であることを、千佐は、甲次郎の顔に緊張が走ったことで察した。

甲次郎は匕首を構え直し、どいていろ、と、千佐の手を払いのけ、背に追いやった。

同時に、中年の侍は、まわりの者たちに、あごで合図を送った。

侍のひとりが、甲次郎の脇をすり抜け、身を寄せ合って成り行きを見ていた千佐と信乃に、強引に手を伸ばそうとした。

無理矢理に鳩を奪い取ろうというのだが、むろんのこと、甲次郎は、それを許さなかった。

中年の侍を目で牽制しながらも、

「おい」

左手で侍の手首をつかみ、同時に片足でその足下をすくい取り、往来に投げ飛ばした。

「き……貴様」

さすがに侍たちも息をのみ――ついにつり目の侍が刀に手をかけた。

抜刀するつもりなのか、と、千佐は悲鳴をあげた。

どうして、たかが鳩一羽くらいで、こんな騒ぎに……。

(甲次郎さんがむきになるから……)

すべては、甲次郎のせいだ、と千佐は震えた。

恐怖にすくむ千佐の前で、甲次郎は、匕首を握り、もう一度、つり目の侍をにらみつけた。目は抜刀した男に向けているが、まだ動かずにいる中年の侍のことも意識しているのが判る。

と、そこへ、

「おい、何をしている」

鋭い声が飛んだ。

「町人相手に斬り合いか。どこの家中だ」

振り返り、千佐は安堵の息をついた。

近づいてくるのは、黒羽織に着流し、腰に十手の役人だった。

大坂町奉行所の同心だ。

手先を一人連れている。

武士の少ない大坂にあって、町の取り締まり、政《まつりごと》一般、そのほかすべてを執り行っているのが、大坂町奉行所である。

役人が関わってくれれば、蔵屋敷の武士といえど、うかつな真似はできない。

「……ちっ」

中年侍も、舌打ちした。

大坂では、東西の奉行所それぞれに、与力三十騎、同心五十人が配置されている。

すべて大坂地付きの侍で、彼らの上にたつ町奉行所だけが、江戸で任命され赴任してくる旗本だ。

大坂町奉行所は、江戸のそれとは、かなり性格を異にしていた。

江戸は、町人地が少なく武家地が多いという町の性格上、町奉行所の実質的な力は、さほど大きくない。勘定奉行、寺社奉行と、権限を分け合う形で存在している。

しかし、大坂は違う。

市中のほとんどが町人地である大坂の場合、その町人を支配する町奉行所の力は大きかった。

天保四年（一八三三）からあしかけ四年にわたって大坂町奉行をつとめ、江戸の勘定奉行を経て江戸町奉行に昇進した矢部《やべ》駿河守《するがのかみ》定謙《さだのり》は、後に、友人の藤《ふじ》田《た》東《とう》湖《こ》に、こう語っている。すなわち、江戸町奉行のほうが格も禄も高いが、大坂の町奉行所に居り町政をすべて自分の思う通りにできたおもしろさには遠く及ばない——と。

大坂における町奉行所とは、江戸の三奉行の役目を兼ね備えた、一種万能の存在ともいえるわけだ。

しかも、町奉行が、矢部駿河守がそうであったように、数年ごとに江戸から赴任してきては入れ替わっていく旗本であるのに比べ、与力、同心は、代々大坂の地に暮らし、町のことならば隅々まで知り尽くしている地付きの武士である。

当然、町の者の信頼も厚く、権力も大きい。赴任してきたばかりの町奉行など、古株の与力、同心の機嫌を損ねぬように、まずはその意向を窺《うかが》うところから始めなければならないと言われるほどだ。

いくら大藩の蔵役人といえど、町奉行所の役人に刃傷沙汰《にんじょうざた》を咎められれば、厄介なことになる。

侍連中は、苦々しげに、互いに顔を見合わせた。

甲次郎もまた、一瞬、顔をしかめたが、同心の顔が見えるところまで近づいてくると、おや、と肩をすくめた。

三

駆け寄ってきた顔に、甲次郎は、見覚えがあったのだ。

東町奉行所の町廻り方同心、丹羽祥吾《にわしょうご》だった。

まだ年若いが、大坂町奉行所でも、評判の腕利き同心である。

遠目にも目立つ、役者にでもなれそうな秀麗な顔立ちと、正義感の強い癇性《かんしょう》な内面をそのままあらわしたような、怜悧《れいり》な眼差しを持っている。

優男《やさおとこ》に見られがちな外見とは裏腹に、探索だろうが取り調べだろうが優しさの欠片《かけら》もない仕事ぶりだと一部では評判だった。気の弱い掏摸《すり》など、その目に射すくめられただけで、罪状を洗いざらい吐いてしまうとまで言われている。

甲次郎と祥吾は、道場で同門の、幼なじみでもあった。

七歳で道場に入門してから、養家を飛び出すまでの八年間、甲次郎と祥吾は親友として競い合い、剣の腕をみがいた。

このまま呉服屋の若旦那になるなどまっぴらだ。そう言って家を出たときも、祥吾にだけはそのことを告げた。

そして、三年前に戻ってきたときも、同じだった。

「……結局、この町しかねえよ」

祥吾の屋敷の庭先で、自嘲混じりに帰郷を告げた甲次郎に、祥吾は、以前とまったく変わらぬきまじめな口調で、

「おれも師匠も、お前が帰ってくるのを待っていた。明日から、また道場に来ることだな」

そう言った。

——とはいえ、甲次郎は、真面目に道場に戻ったりはしなかったため、祥吾とも、会うのは何カ月かに一度、町ですれ違う程度だ。

そんなときに向こうが声をかけてくれれば、酒を飲むこともある。

だが、昔同様に気の置けない仲であるかといえば、そうとは言い切れないものが、今の二人にはあった。

しょうがないことだ、と甲次郎は思っている。

奉行所の出世頭と噂される切れ者の武士と、放蕩の果てに結局もとの家に戻ってきてしまった呉服屋の道楽息子なのだ。

幼い頃のように親しくつきあえるはずがない。

駆けつけた祥吾は、そんな甲次郎の胸中など斟酌《しんしゃく》せず、町中《まちなか》で騒ぎを起こしかけていた一同を、鋭い眼差しでにらみつけた。

「一体何をしていた！」

嚙《か》みつきそうな声で、言った。

町の平穏を乱そうとするものは、武家も町人も関係なく、すべて不倶戴天《ふぐたいてん》の仇でもあるかのような声音だった。

むろん、そこに昔なじみの甲次郎がいることも気づいているだろうが、そんな私情をみじんも顔に出さない。

さすがだ、と甲次郎は感心した。

そういうところは、この友人の、好ましいところだった。

蔵役人たちにも、祥吾の熱心な仕事ぶりは知られていたようで、東町の丹羽だ、まずいぞ、と誰かがつぶやくのが聞こえた。

「不浄役人に話すことなどない」

中年の侍は、しかし、吐き捨てるように言った。

「だが、市中で刀に手をかけるなど、放ってはおけぬ。どこの藩士か、名乗ってもらおう」

「断る」

中年の侍は、そう言って、仲間たちにあごをしゃくった。

引き上げるぞ……そう合図したのだ。

「待て」

祥吾は、しつこく、引き留めようとした。

だが、連中が歩き出すのを見て、それきり黙る。

侍は、連れだって、まっすぐに、蔵屋敷の門に消えていく。それで、どこの家中の者であるかは、自ずとあきらかだった。

「酒井家か……」

忌々《いまいま》しげに、祥吾がつぶやいた。

若狭小浜の酒井家が、歴代の老中を輩出してきた名家であることは、役人であれば当然、知っている。今の当主が、次期老中をめぐる争いのなかで、一歩抜きんでた位置にある、権力者であることも、むろん判っている。

そう簡単に踏み込める場所ではない。

が、逆に、名家ゆえに醜聞を嫌い、一度釘を刺せば、しばらく無体はすまい、と考えることもできる。

本当に厄介なのは、主家の名前にこだわらず暴れる、格の低い侍なのだ。

「……で、甲次郎、お前は」

祥吾の視線が、ようやく、甲次郎に向いた。

冷ややかな目をしている。

「何をしていたのだ、あいつらと。また喧嘩か」

「喧嘩にもなっちゃいねえよ」

甲次郎は、祥吾の足下に、匕首を投げ出した。

「これから面白くなろうかってとこで、お前さんが来たんでね」

祥吾は、匕首を見下ろし、顔をしかめた。

「お前、まだこんなものを持ち歩いてるのか」

「おれのじゃねえよ。初めにこいつらに絡んできた野郎がいたんで、そいつから取り上げた。それとも何だ、お前、女がからまれてんのに、ほっとけってのか」

女、との言葉に、初めて気づいたように、祥吾は千佐と信乃に目を向けた。

初めは、また女を連れて遊び歩いているのか……とでも言いたげな視線だったものが、その女が誰か察すると、祥吾は驚いたようにつぶやいた。

「……若狭屋のお信乃どのか？」

甲次郎とつきあいの長い祥吾は、当然、若狭屋の一人娘、信乃のことを知っている。信乃が、生まれたときから甲次郎の許嫁《いいなずけ》と決められた娘であるからで、むろん、その娘が、ほんの半年前まで、習い事にすら滅多に出られないほどにひ弱な娘だったことも承知していた。

「信乃です。お久しぶりです、祥吾さま」

信乃は、丁寧《ていねい》に頭を下げ、祥吾に挨拶《あいさつ》をした。

「おかげさまで、たすかりました」

「え……ああ、いや、たいしたことはしていない……」

慌てたように顔の前で手を振りながら、祥吾は、

「お信乃どの、しばらく会わないうちに、ずいぶんとお元気になられたようだが」

「蘭方《らんぽう》の医者ってのも、馬鹿にできねえもんでな」

甲次郎が、祥吾に説明するように言った。

「長崎帰りの医者ってのが近所に越してきたんで、親父さんが、ものは試しで呼んだんだよ。そうしたら……」

「おかげさまで、今では、近所になら一人で買い物にも行けるようになりました」

信乃は微笑《ほほえ》んだ。

「……それは、良かった。ご両親もさぞ安堵しておられるだろう」

応える祥吾は、どこか、どぎまぎとした様子だった。

そういえば、と甲次郎は、今更ながら、思った。

昔から、この堅物のきまじめな男が、信乃の前では、どうにも落ち着かないそぶりを見せていた。

五つ六つの頃から、体さえ丈夫であれば文句のつけようのない小町娘になろうと町内でも評判だった信乃だけに、祥吾が見惚《みと》れるのも当然だと特に意識もせずにいたのだが、しかし、嫁取りの話も出ようかという年齢にもなった友が、今なお信乃に目を細めるのは、少しばかり、驚きだった。

むろん、まさか、とは思う。

潔癖な祥吾が、友の許嫁に恋慕の情を抱いたりするとは、考えにくい。

「……怪我をされたのか？」

祥吾は、信乃の袖が切られているのに目を留め、眉をひそめた。

「たいしたことありません」

ゆっくりと、信乃は首を振る。

実際、傷はほとんどかすり傷で、血も、もうとまっている。

しかし、祥吾には、それではすまないようだった。

どういうことだ、と甲次郎に向き直り、

「その、初めに絡んできた男とは、このあたりの暴れ者の類か。名前なり顔なりが判るなら、おれが調べて……」

「地回りのやくざ者には見えなかったな。おそらくは、町のものじゃねえ。むろん、調べてもらえるんなら、ありがたいが」

甲次郎は、祥吾に一通りの事情を話した。

男が、商人の形《なり》をしてはいたが百姓のように日に焼けていたこと、言葉も大坂言葉とはどこか違っていたことなど、ひとつひとつの特徴を、祥吾はうなずきながら聞いていたが、一通りの話が終わると、

「とりあえず、若狭屋まで送ろう」

そう言った。

「甲次郎に任せておいたら、本町まで帰る途中で、また喧嘩沙汰に巻き込まれんとも限らんからな」

構いませんな、と信乃に念を押す。

「おおきに、ありがとうございます」

おっとりと、信乃はもう一度、頭をさげた。

「ご親切におおきに」

ずっと黙っていた千佐も、そこで初めて、口をはさむ。

祥吾は、そこで初めて、千佐をちらりと見た。

その目には、信乃に向ける視線とは違い、かすかに棘《とげ》がある。

まずい、と甲次郎は思った。

誰にも言わんといてください――千佐がそう頼んだ秘事を、甲次郎は、一度、酔いに紛れて祥吾に喋《しゃべ》ってしまったことがあるのだ。


甲次郎と信乃は、いずれ夫婦になる。

それは、信乃が生まれたときに、すでに決められていたことだった。

表向きには親戚筋から引き取ったことにされているが、実際には、甲次郎と若狭屋の夫婦の間に血のつながりはない。

三歳で引き取ったなさぬ仲の甲次郎を、宗兵衛と伊与《いよ》の夫婦は、我が子のように大事に育てたが、四年後、夫婦になって十年目にして、すでにあきらめかけていた実の子が生まれたときの喜びは、やはり、格別なものがあった。

その子が実に愛らしい女の子だったから、夫婦の喜びはひとしおだった。

そして、夫婦は、まだ生まれたばかりの信乃を抱きながら、甲次郎に、「いっかこの子と夫婦になって若狭屋をついでおくれ」と繰り返し言い聞かせたのだ。

しかし、その後、数年ともに暮らした信乃のことを、実は、甲次郎はあまり覚えていない。

「許嫁だ」と言われても、相手は七つも下の子供だ。

しかも、じきに、信乃は体が弱く、他の子供たちのように表で遊ぶことさえ難しいと判った。当然、年の離れた甲次郎と一緒に遊ぶことなどできはしない。

甲次郎には、幼い信乃の記憶は、ほとんどなかった。

それは、千佐のこととて、同じだった。

千佐が若狭屋に寄宿を始めたのは九歳の春で、甲次郎が家を飛び出したのは翌年の夏だったから、一年ばかりは同じ屋根の下で暮らしていたはずなのだが、当時の甲次郎は、まだ乳臭い親戚の子になど、一欠片《ひとかけら》の関心も抱いていなかった。

だから、放蕩生活に飽きて甲次郎が大坂に帰ってきたときも、決して、若狭屋の娘たちのことなど、頭にはなかったのだ。

旅暮らしに飽き、疲れたとき、会いたいと思ったのは、剣術を一から仕込んでくれた磊落《らいらく》な師匠や、ともに修業に明け暮れた友であって、女ではなかった。

実際、若狭屋で信乃と再会したときも、甲次郎は、その娘に恋情を抱くことなど、とうていできないと思った。

信乃は十五歳になっていた。

二十二の甲次郎とであれば、すぐにも祝言をあげても良い年齢だったのだが、信乃は、それはとても無理だと、一目見れば判る娘だった。

幼い頃からひ弱な体は、養生の甲斐《かい》あって、少しはましになっていたようだが、それでも、「祝言など、まだまだ無理でっしゃろ」と医者もまわりも首を振るほど、弱々しい娘だった。

久々に顔を合わせた許嫁の姿に、甲次郎は息をのんだものだ。

ほとんど店から出ることがないため、白く透き通る肌をした信乃は、そよ風にも揺らいでしまいそうな華奢な軀をしていた。

時折、琴をつまびく指は、売り物の反物《たんもの》すら持ち上げられないのではないかと思うほどに細い。

その美しさに、一瞬、心を動かされなかったといえば、嘘になる。

こんな娘を自分のものにすることができたらと、男であれば、誰でも一度は思うであろう美貌《びぼう》の持ち主だった。

だが、それでも、甲次郎は、信乃に、生身の女として惹《ひ》かれることはできない気がした。

手を触れただけで折れてしまいそうな娘なのだ。

とても女として見ることはできず、代わりに甲次郎の目を惹いたのは、信乃ではなく、生気に満ちた目で甲次郎を見つめた、別の娘だった。


「甲次郎」

若狭屋の前までくると、そこで、祥吾は甲次郎を振り返って、言った。

「お信乃どのに怪我をさせた男のことも、さっきの蔵屋敷の連中のことも、一応、こちらで気に留めておく」

だから、と祥吾は、念を押すように、強い口調で言った。

「お前は余計なことはせぬことだ」

お前は若狭屋の跡取り、厄介事に首を突っ込む必要のない立場なんだからな、と、言外の言葉が、甲次郎には伝わってきた。

そんな祥吾は、甲次郎が刀を差して厄介事に突っ込んでいける身分を持つ祥吾に羨望《せんぼう》と嫉妬《しっと》を抱いていることに、気づいてはいまい。

(まっすぐな男だからな)

冷笑気味にそう思いながら、甲次郎は、あえて一言だけ、言った。

「おおきに」

放浪生活のなかですっかり抜けてしまった上方《かみがた》言葉で、あえて商人らしく礼を言った皮肉が、祥吾には伝わっただろうか。

「では、これで失礼する」

あがってお茶でも、と誘う信乃に首を振り、祥吾はきびすを返した。

歩き出した祥吾の足が、しかし、ふと、止まった。

「甲次郎」

「なんだ？」

「たまには道場に顔をみせろ。師匠も寂しがっておられる」

「……おおきに」

再び、甲次郎は肩をすくめた。

商人でありながら、剣術に精を出していたこともある。

自分は本当に、いったい何者なのだろう、と、もう一度、自嘲の笑みが甲次郎の口元に浮かんだ。

第二章　いとこ姉妹

一

店に連れて帰った鳩を、信乃は甲斐甲斐《かいがい》しく手当した。

本町三丁目にある若狭屋は、間口が五間の店構えで、呉服屋としては中堅といったところである。

小浜の呉服問屋の次男坊だった宗兵衛が、大坂に店を開くため、まずは予《かね》てつきあいのあった大坂の呉服屋に数年奉公に入り、やがて、小浜の実家の援助も受けて開いた店だ。まだ一代目の店としては、繁盛している部類だろう。

嫁の伊与は、店を開くと同時に、奉公先だった呉服屋からの紹介で、在郷町富《と》田林《んだばやし》の木綿問屋から迎えた。

本町は、昔から古手屋が多い界隈《かいわい》だった。

古手屋《ふるてや》といっても、商いの規模は大きく、個別の客に商うだけではなく、全国各地から買い付けに来る同業者を相手に大量の取引をする、いわゆる問屋業が多かった。

質流れの品を扱うことが多く、盗品でないことを役人に証明するため、仕入れた商品は数日、店先に吊して人の目にさらす。そのため、どの店も、軒先がきわめて深いとの特徴があった。

若狭屋は、そんななかにあって、小浜の絹織物を中心に扱う呉服屋だった。

呉服屋といえば、大坂では、心斎橋筋に大きな店を構え、誓文払い（年末の大売り出し）の度に大行列を作る松屋大丸などが有名だが、若狭屋は、そういった派手な売り出しなどはあまりせず、かわりに、富裕な商家や蔵屋敷などをお得意様として抱え、堅実な商いを行っていた。

主人の宗兵衛は、一見《いちげん》の客を多く集めるよりも、互いに信頼を置いた顧客と末永いつきあいをしてこそ店が安泰するのだといい、暮らしぶりも堅実だった。

むろん、商売のつきあいで酒宴などを催すこともあったが、日頃は、大坂商人らしく、始末（倹約）を第一に考える男だった。

店には、宗兵衛、伊与、千佐、信乃のほかに、かつて伊与の母をひきとって住まわせていた離れに、今は甲次郎が暮らしている。奉公人は、番頭に手代、丁稚《でっち》に賄い方の通いの女中まで入れても十人を越えたことはない。

奉公人は、古参の者は小浜から連れてきたものが多かったが、最近では、伊与の故郷である富田林あたりの在方から呼ぶことも多くなっていた。

最近、手代になったばかりの、音助《おとすけ》という若い男も、そういった在方出身のひとりで、信乃が鳩を連れ帰ったのを見つけると、自分も幼い頃に鳥を育てたことがあると、手伝いを買って出た。

「骨が折れたわけと違いますさかい、じきに、飛べるようになりますわ」

そんなことをいい、どこから調達してきたのか、古い細工の鳥かごまで持ってきて、信乃を喜ばせた。

そんな信乃を、千佐は黙って見ていた。

体の弱い娘だけに、傷ついたものへのいたわりの気持ちは人一倍なのだろう。

それは判るのだが、鳩をめぐって起きた諍《いさか》いについて、さほど気にも留めていないらしい信乃の胸のうちは、千佐には、判らなかった。

鳩の付けていた文筒さえ、足からはずしてしまえば、もうどうでもよいようで、中を確かめることすら、しなかった。

興味津々で中の文をあけてみたのは、むろんのこと、甲次郎である。

あれだけの揉《も》め事《ごと》を引き起こした伝書鳩だ。なかの文には、さぞ、重要なことが書かれているに違いない。

期待をあらわに開いた文は、しかし、拍子抜けするほどに短いものだった。

予想通り、若狭の国元に当てたものではあったが、例の件について手助けを乞う、ことは簡単におさまりそうにない、くれぐれも表だっての騒ぎにはならぬよう……それだけだった。

「例の件」がなんなのか、おさまりそうにない「こと」が何をさすのか、それが判らなければ、何の意味もない。

「老中にもなろうかって家だ。揉め事の一つや二つ、あって当然だろうからな」

「あてがはずれてご愁傷様」

甲次郎は舌打ちをし、千佐は憎まれ口をたたいた。

どうせ、何か強請《ゆす》りの種にでも、と、甲次郎はそんな考えを抱いていたに決まっているが、これではどうにもなるまい。

千佐は、店に戻ってきてから、甲次郎に何か、嫌味のひとつも言ってやりたい気持ちが、どうにもおさまらずにいたのだ。

甲次郎が侍相手にあれだけ騒ぎをおこしたのは、信乃が傷つけられたからではないかとの思いが、千佐の胸にはある。

それは、同時に、もしも、あそこで怪我をしたのが千佐のほうだったら、甲次郎はどうしただろう、という問いを千佐の胸に宿らせるものだった。

むろん、甲次郎が信乃を大切にすることに、不満などないのだ。

信乃は、千佐にとっても、大事な大事な従妹《いとこ》だ。

けれど、そこに甲次郎が絡むと、どうしても、いつもの千佐ではいられなくなる。

千佐が若狭屋に来たときから、信乃と甲次郎は許嫁《いいなずけ》者であったし、いつか二人がこの店を継ぐことを、頭では今も、ちゃんと理解している。

けれど、どうにもならないのだ。

その夜は、床についてからも、そんなことが気になって、千佐はどうにも、寝付くことが出来なかった。

(甲次郎なんか……)

そうつぶやいてみる。

それでも、気持ちが安らぐことはなく、逆に甲次郎の艶《つや》のある声が耳によみがえりそうになる。

千佐が甲次郎のことを特別に意識し始めたのは、甲次郎が大坂に戻ってきて、すぐのことだった。

甲次郎が信乃の許婚者だとは、もちろん、判っていた。

だが、そのころ、十七だった千佐は、偶然に、水を飲みに賄いへ降りたとき、奉公人たちの内緒話を聞いてしまったのだ。

ひそひそと話をしていたのは、店の一番番頭、利兵衛《りへえ》と、女中頭のおやえだった。

「やっぱり、そない考えてはるんやろなあ、旦那様もご寮さんも」

「そらしょうないことと違いますか。お可哀相やけど、嬢《いと》さんは、あんなお体や。家付き娘として、ちゃんとおつとめを果たせるとは……。こない言うたらなんやけど、お医者はんも、とても祝言して子供を産むまでは難しいて言わはったとか」

「その点、お千佐はんは、丈夫な娘はんや。甲次郎はんと年も釣り合う。夫婦養子にするのにぴったりや。親戚筋の娘さんでもあるし、向こうのお家は、ちゃあ

ん と跡取りがいてはるわけやし」

「旦那様、絶対、そう考えてはりますわ。そやさかい、ええ年齢《とし》になったお千佐お嬢《じょう》さん、いっこうに、故郷《さと》に帰そうとしはりませんのや」

奉公人の遠慮のない会話に、千佐はひどく狼狽《うろた》えた。

そのまま、水を飲むのも忘れて、ただ足音をひそめて、逃げるように自分の部屋に帰ったが、障子を閉め、部屋にひとりになってからも、千佐は、胸がひどく鼓動するのをとめられなかった。

自分が、信乃の代わりに甲次郎と夫婦になって、若狭屋の跡取りになる。

千佐自身は、考えたこともない話だった。

当然と言えば当然で、養生をしていれば信乃もそのうちに元気になる、と言った医者の言葉を、千佐はそのまま信じていたし、祝言に関しても、まだ十五なのだから、焦《あせ》る必要はないのだと考えていた。

若狭屋の主人夫婦もまだまだ元気だし、甲次郎も大坂に帰ってきたばかりだ。

それに、自分が故郷に帰らないのは、まだしばらくは、この賑《にぎ》やかな大坂の市中で、お琴や舞を習いながら楽しく暮らしたいと思っていたからで、何も、甲次郎と夫婦になって若狭屋の跡取りになどとは、考えたこともなかった。

第一、それは、信乃がこのまま治らず、悪くすれば、嫁に行けぬまま世を去ってしまう、ということを意味するのだ。

(そないなこと、あるはずない)

千佐は、たった今聞いたことはすべて忘れてしまおうと、胸に誓った。

だが、実際には、千佐の目が甲次郎を無意識に追うようになったのは、その日を境にしてのことだった。

十七歳ともなれば、おませな町娘は惚《ほ》れた男がどうこうと話をし、なかには役者にいれあげて芝居小屋に通い詰めるものも出てくる。

そんななかで、どちらかといえば、

「お千佐ちゃん、うぶやから」

と仲間うちでもからかわれる千佐にとって、「将来、亭主になるかもしれない」と言われた男が一つ屋根の下にいるという状態は、ひどく心を波立たせるものだった。

甲次郎は、決して、美男子というわけではない。

顔立ちというのなら、たとえばあの奉行所同心、丹羽祥吾のほうが、よほど綺麗な顔をしている。

けれど、下がり気味の目尻に浮かぶ笑みや、皮肉に嗤《わら》う口元や、すらりと通った鼻筋は、世間知らずの娘を引きつけるには十分すぎた。

放蕩《ほうとう》生活で身に付けた自堕落なしぐさや、大坂の呉服屋の若旦那にはとてもふさわしくない言葉遣いに眉をひそめたくなることもあったが、それがまた逆に、やけに気にかかったりもするのだ。

あの声で、甘い言葉を耳元でささやかれるのは、どんな気持ちだろう。

あの男と夫婦になるというのは、いったい、どんなものだろう。

いつしか、自分でも気づかぬうちに、千佐は甲次郎を目で追うようになっており、そして、女の扱いに慣れた甲次郎が、そんな千佐の態度の変化に気づくのは、当然と言えば当然のことで、それで……。

そこまで考えて、千佐はきつく目を閉じた。

それ以上は考えてはいけないことだった。

十七の頃とは事情が違う。

信乃は、あの頃とはくらべものにならぬほど、元気になった。

このまま快方に向かえば、一、二年のうちには、祝言もあげられるだろうと、奉公人たちもほっとしているのが判る。

そうなれば、信乃の代わりに千佐を甲次郎とめあわせる、などという思惑は、誰の胸からも消え去ってしまうはずだ。

（そのほうがいい）

千佐とて、信乃が元気になってくれるなら、そのためには何だってしようと思い続けてきたのだ。

それが、叶《かな》おうとしている。

千佐にとって、嬉しくないはずがない。

そして、その日が来たら、甲次郎にも、信乃にも、おめでとうと言うのだ。あのことは、自分と甲次郎の胸のうちだけに秘めて……。

あれこれと要らぬことを考えそうになる気持ちをなだめ、なんとか眠りについた千佐だったが、結局、その日は朝方まで気持ちの悪い夢にうなされ、何度も目が覚めてしまった。

翌日、千佐はそのせいで、ひどく寝不足だった。

本好きな信乃の部屋から借りた稗史本《はいしぼん》を、中庭を前にめくっていたが、つい、うとうととしてしまう。

表に客が、と、奉公人の音助が告げにきたのは、そんなときだった。

どうして客のことを自分に知らせるのか、と千佐は訝《いぶか》った。

若狭屋での千佐の立場は、寄宿中の嬢さん、だ。

店が忙しいときには、もちろん、叔父や叔母を手伝いもするが、基本的に、若狭屋は余裕を持って商いをしている店だから、千佐までが店の仕事や台所まわりに借り出されることはまずない。

「昨日の鳩がどうこう、て言うてるんですわ」

音助が声を潜めて、言った。

「昨日の侍連中が、わざわざ店まで来たん?」

さすがに、千佐は慌てた。

昨日の連中には、こちらの素性は、知られてはいないはずだ。

あのあと、奉行所の丹羽祥吾が店まで送ってくれたのは、侍連中がつけてくるのを防ぐためでもあったのだと千佐は思っている。

あの同心は、いかにも侍然として威張っているように感じられ、あまり好きな相手ではないが、役人としての腕は立つらしい。

「侍とは違います」

音助は首を振った。

「どこぞの大店《おおだな》の、それなりの立場にある男やと思います。着物もちゃんとしてるし、物腰かて丁寧で、そやさかい、ご寮さんも驚いてはって」

ご寮さんも、と言われて、千佐は思い出す。今日は、呉服屋の会合があって、店の主、宗兵衛はいない。

信乃は昨日の疲れもあってか、今日は朝から床についたままであるし、甲次郎は、どこかに出かけたはずだ。

「昨日の様子、お千佐お嬢さんの口から話してほしい、ておかみさんが」

判りました、と千佐はうなずいた。

客間で対面した男は、音助の言う通り、身なりの整った商人《あきんど》だった。

年齢は、三十代なかばと思われ、番頭というには、まだ若い。

千佐が部屋に入ると、細面の顔に穏やかな笑みを浮かべ、こちらがお嬢様ですか、と言った。

確かに、口調も丁寧で、物腰もやわらかい。だが、それは、礼儀正しさと横柄さの入り交じった態度だった。若狭屋よりも格上の店から来た男であり、それを自分でも判っているように思えた。

「千佐と申します。親戚筋の娘です」

番頭の利兵衛とともに相手をしていた伊与が、千佐を紹介した。

「清太郎《せいたろう》と申します。店は長堀端にありますけど、主人の名前はご容赦いただけますか」

あくまでもにこやかに、男は言った。

だが、笑顔とはうらはらに、言っていることは、胡乱《うろん》だ。

ひとの家にあがりこんでおいて、主人の名をいえないとは、どういうつもりなのか。主人とやらがどれほどの者か知らないが、若狭屋を馬鹿にしている。

「昨日、こちらのお嬢様がお連れになった鳩を、返していただきとうて参りました。むろん、あれはうちの大事な鳩。十分な手当をして、元のすみかに返してやりたいだけでして」

というのも伝書用の鳩ていいますのは、と、清太郎は、自分の言葉にうなずくように首を揺らしながら、言った。

「どないしてでも元のすみかに帰りたいと思うのが習性でして。こちらの鳩も、そう思てるはずです。傷ついた鳩をすぐにも手当してやりたいからと連れ帰ってくれはったお嬢様やったら、その鳩の気持ちも、判ってくれはるはずやと思います。……佐七《さしち》も、そう望んでました」

「佐七……？」

「昨日、お嬢様方と言い争いをした男です。うちの奉公人ですわ。鳩の世話をしてた者です」

「あの、匕首《あいくち》の男ですか？」

千佐は思わず、相手が客だとも忘れて、大きな声を上げた。

「あの乱暴な男が、そちらの奉公人やて、まさか」

それは嘘《うそ》だと千佐は思った。

目の前の、馬鹿丁寧な言葉を喋《しゃべ》る商人と、昨日のあの乱暴者は、どうしても結びつかない。

それに、佐七という男は、鳩を「獲物」と言ったのだ。自分が落とした獲物だ、と。

そして、その鳩は、十中八九、酒井家の蔵屋敷が飛ばした伝書鳩だ。

（それが、うちで飼うてた鳩やて……）

見え透いた嘘に、こちらがうなずくとでも思っているのだろうか。

「……ああ、それからこれは」

清太郎は、訝《いぶか》る千佐の視線を笑顔で受け流し、手元にあった包みを、ぐいと、伊与の前に押し出した。

「些少《さしょう》ですが、お嬢様方にご迷惑をかけたお詫《わ》びです」

風呂敷包みを一瞬、ちらりとほどいて見せる。

え、と伊与が息をのむのが、千佐にも聞こえた。

むろん、千佐自身も驚いた。

包みの中に見えたのは、あきらかに小判で、しかも、五両や十両ではない。

「これは、いったいどういうおつもりで……」

伊与の声に狼狽《ろうばい》が含まれている。

「御礼と、お詫びです」

清太郎は、さらりと言った。

「そやけど、こないな大金……」

「わずかなものでお恥ずかしいほどで」

清太郎は、伊与の言葉を遮った。その言葉から、丁寧さが消え、どちらかといえば慇懃《いんぎん》無礼な響きが浮かび上がった。

（脅しにかかっている）

千佐には、そう感じられた。

伊与も、番頭の利兵衛も、同じ思いだったようで、重い沈黙が、場に流れる。

たかが一羽の伝書鳩だ。しかも、さほど重要な文をつけていたとも思えない。

それをめぐって、このやりとりは、あきらかに異常だ。

千佐は、思い切って、そう口にしようとした。

そのとき――。

「それほどの金を積んでも、取り戻したいほどの鳩とは。驚いたもんだ」

からり、と、襖《ふすま》が開いた。

むろん、振り向くまでもなく、千佐にはそれが誰か、判っていた。

出かけていたはずだが、いつのまに帰ってきたのだろう。

清太郎が、すばやく、目を向けた。今までのおっとりとした物腰とは違う種類の眼光が、一瞬、その目に宿った。

甲次郎は、いつも通り、呉服屋の若旦那とは思えない派手な柄の木綿ものを着崩して、開けた襖にもたれるように立っていた。

「たかが鳩一羽に五十両？　馬鹿馬鹿しいほどの大金だな。あんた、いったい、どこの誰だ？」

ら男に世話になった」

「若狭屋の次の当主だよ。昨日は、伊与に訊《たず》ねた。

甲次郎を無視し、清太郎は、伊与に訊《たず》ねた。


「こちら様は、どなた様で」

甲次郎を無視し、清太郎は、伊与に訊《たず》ねた。

「若狭屋の次の当主だよ。昨日は、ここにいる娘と一緒に、佐七とかいう男に世話になった」

甲次郎は、何か応えようとした伊与を手で制し、入り口に立ったままで清太郎を見下ろした。

「ああ、あなた様も、お嬢様と一緒におられたので」

そうでしたか、と清太郎は鷹揚《おうよう》にうなずいた。その目が、なめるように甲次郎を見た。頭の先からつま先まで、何度も何度も、清太郎は甲次郎を見、最後には睨《にら》むようにその顔に見入っていたが、口に出した言葉はあくまでも丁重で、

「ほなら、こちらさまにも、お詫びとお礼をせんとあきませんな。そちらは、また、後日、届けさせるということで」

「こりゃあ、豪勢だ。金なら無尽蔵にある、って体だな。よほどの大店からお出《い》でらしい。……その大店が、昨日の酒井家に変わって、交渉に来たってわけか？　お得意様のお武家様に厄介事の交渉を押しつけられたわけだな。あんたの店は、酒井家と、どういう関係なんだ？」

「酒井家と言われましても。なんのことやら」

涼しい微笑を崩さずに、清太郎は首を振った。

「私どもは、私どもの店のことしか、判りまへん」

「なるほど」

けどな、と、甲次郎は、立ったままで清太郎を睨みつけた。

「金で何もかも片がつくと思われても困る。こっちは、あの佐七とかいう男に、怪我までさせられてんだ。そいつがあんたの店の奉公人なら、連れてきて謝らせるのが筋じゃねえのか」

「それは、ごもっともです」

清太郎は、大きくうなずいた。

けんか腰の甲次郎の態度にも、まるで怯《ひる》む様子を見せず、ですが、と、甲次郎を見返しながら、清太郎は続けた。

「それは無理です」

「なんで無理なんだ」

「佐七は、昨夜、死にました。何者かに殺されたのですよ」

密やかな笑みを口元に浮かべたままで、清太郎は、さらりと言った。

「ちきしょう、あの野郎……！」

甲次郎は、いらだたしげに、濡れ縁を拳《こぶし》でたたきつけ、怒鳴った。

その剣幕に、千佐は眉をひそめた。

清太郎との話し合いは、結局、物別れに終わった。

甲次郎は、正体も明かせない相手と取引をする気はないと突っぱね、ならばまた出直しましょう、と清太郎は金を包み直して帰って行った。

むろん、甲次郎には清太郎をそのまま帰す気はなく、こっそりと後をつけ、その正体を探ろうとしたのだが、相手も一筋縄ではいかなかった。

店は長堀端、と言ったはずだが、清太郎がまっすぐに向かったのは新町だった。

ちょうど夕暮れどきで、人のあふれ始めた花街の混雑に紛れ、清太郎はいつのまにか甲次郎の視界から姿を消してしまった。

すっかり日も落ちてから若狭屋に戻ってきた甲次郎は、ひどく荒れていた。

珍しく千佐の部屋にやってきたかと思うと、千佐に背を向けて縁側に座り込み、ぶつぶつとつぶやいている。

たかが一介のお店者と思っていた相手に手玉にとられたことに、矜持《きょうじ》を傷つけられたに違いない。

「もう、あんまり深入りせんほうが……」

千佐は、開けっ放しの障子から吹き付ける風に、行灯《あんどん》の灯が揺れるのを気にしながら、荒れる甲次郎に言った。

「なんや、物騒な話やないの」

佐七が死んだ、と清太郎は言った。

昨日、会ったばかりの男だった。

千佐に匕首を振り上げ、信乃に怪我を負わせた乱暴な男ではあったが、殺されたと言われたのは、少なからず衝撃だった。

しかも、その事実を告げたときの清太郎の表情を思い出すと、千佐はぞくりと身が震えるのを感じる。

何者かに殺された、と清太郎は言ったが、その声音《こわね》は、自分が殺したとも聞こえかねない、酷薄な響きだった。

佐七はうちの奉公人だといいながら、その死を一欠片《ひとかけら》も悼んではいない声だった。

「それに、あのひと、もしかしたら……」

千佐は、ためらいながら、口を開いた。

これを言えば、甲次郎はさらに調子にのって、深入りしたがるかもしれないとは思ったが、言わずにはいられなかった。

「さっき、番頭の利兵衛さんが叔母さんにこっそり言うてはった。もしかしたら、あの男、泉屋さんに関わりのあるひとかもしれん、て」

「泉屋？――おい、まさか」

予想通り、その名を聞いたとたん、甲次郎は、食らいつくような目で、千佐を見た。

「まさか、あの両替商の泉屋じゃねえだろうな」

その泉屋さんや、と千佐は神妙にうなずいた。

「銅吹《どうふ》きの、泉屋さん。その泉屋さんのお妾《めかけ》さんのひとりが、南久宝寺町にお家もろてはるんやけど、そのひとがうちのお得意さんで、そこのお宅に行ったときに見た覚えがある、て、手代の一人が気づいたんやて」

「なるほど、そりゃまた」

出してくる金の額が桁外《けたはず》れなはずだ、と甲次郎は眉をひそめた。

泉屋――あるいは、主の名でもって、その店は、住友の店と呼ばれる。

大坂市中での有数の豪商だ。

先祖は越前で柴田勝家《しばたかついえ》に仕えた武士であるが、その後、京都に出て、薬種や書籍の商いを始めた。

大坂に出てきたのは三代将軍家光《いえみつ》の時代で、やがて大坂に本拠地を移した。

今では両替商としての商いの方が知られているが、本来は、銅吹き商で、各地の銅山から仕入れてきた銅を、精錬し、棹銅《さおどう》にして、長崎に送るのが本業だ。

この時代、銅は重要な輸出品だが、その大半を精錬しているのは、実は、大坂の町である。

地方の銅山では不可能な高度な精錬技術が大坂の町に集まり、手練《てだ》れの職人が日夜はたらいて、長崎での貿易を支え続けているのだ。

泉屋は、その大坂の銅吹き商のなかでも、最大の大店で、その財産がどれほどのものかは、一介の呉服屋などからは想像もできない。

「そういや、長堀に店がある、って言ってたな」

泉屋住友の銅吹き所は、長堀端にある。

大坂市中に暮らす者なら、知らぬ者はない、有名な場所だ。

たえず百人以上の職人が出入りする、大規模な店だった。

また、銅吹きで得た富を土台に、泉屋は両替業も手広くやっている。

酒井家とつながりがあっても不思議ではないし、若狭屋に対して見せた、あの横柄な態度も、相手が泉屋と判れば、なるほどと納得せざるをえない。

「そやから、もうこれ以上は、やめて」

これ以上関わり合いになるのは、賢明なことではない。

千佐は、そう言いたかった。

酒井家といい、泉屋住友といい、中堅どころの呉服屋ふぜいが、はずみで関わり、たてついたりかみついたりするには、大きすぎる相手だ。

「そもそも、うちらには、何の関わりもないことや」

甲次郎から目をそらし、千佐はつぶやいた。

いいながら、自分の言葉などに甲次郎は決して耳を貸すまい、とも思った。

だから、せめて、もう一度、あの清太郎という男が店に来てくれたらいいのに、と千佐は思った。

甲次郎がいない時に訪ねてくれたら、鳩などすぐに返す。金もいらない。宗兵衛も伊与もそう考えるだろう。豪商や権力者にたてつく気など、若狭屋にはさらさらない。

それを早く示して見せなければ、このまま、甲次郎が妙なことに深入りしてい
きそうで、怖かった。

「関わりがない、か」

甲次郎が、ふん、とつぶやいた。

「確かに、泉屋なんて豪商と、この家は関係ねえだろうが、だが、あの鳩は、間
違いなく、酒井家の鳩だ。酒井家と言えば、この若狭屋にとって、昔っからのお
得意様じゃねえか」

「商売の取引と、御家中の内々の事情とは、関係ありません。第一……」

「鳩は返すなよ」

千佐の言葉を遮って、甲次郎は言った。

立ち上がり、部屋のなかの千佐に、近づいてくる。

「出しゃばりのお前のことだから、おれのいないうちに向こうの申し出に乗ろう
などと思ってるんだろうがな」

甲次郎が千佐の正面にしゃがみこみ、千佐はびくりとした。

「相手が大物なら、それだけ、退屈しのぎになりそうだ」

少なくとも五十両にはなるんだし、と、いいながら、甲次郎はさらに顔を近づけ、

「いいな、千佐。店の者にも、お信乃にも、そう言っておけよ」

耳元で、甘ったるい声で、よりにもよって、信乃の名前まで口にする。

千佐は、本気でひっぱたいてやりたくなった。

じゃあな、と言い置いて、甲次郎は、千佐の部屋を後にする。

呼び止めようとして、千佐は辛うじて自分を抑えた。

「甲次郎なんか」

代わりに、つぶやいてみる。


伝書鳩をめぐって甲次郎ともめた男は、すでに死んでいる。

その知らせを、三日後の昼、甲次郎のもとに、奉行所同心、丹羽祥吾が持ってきた。

「悪いが、もう知っている」

甲次郎が告げると、祥吾は驚いた顔をした。

「こっちにも妙な客があってな。この話、なかなか深い裏があるようだぜ」

昼時だ、話は外でしよう、と、甲次郎は祥吾を連れだした。

若狭屋の連中が、この一件と早く手を切りたがっていることは明らかで、興味を持っているのは甲次郎だけだ。

店で話をすれば、千佐や奉公人たちに聞かれかねない。

奥の座敷を貸せ、と女中に銭を握らせて甲次郎があがりこんだのは、何度か、町で袖を引かれた女を連れ込んだことのある、蕎麦屋《そばや》だった。

蕎麦屋の看板を出しながら、二人連れに座敷を貸すのを裏の商売にしている店である。

甲次郎の連れが男だと見て、顔なじみの女将《おかみ》は一瞬、ぎょっとした。が、身なりからすぐに祥吾を役人と見て取り、内々で御用筋の話でもするのだろう、とうなずいた。

祥吾は、こういった商売のしかたに一々目くじらをたてるほどの朴念仁《ぼくねんじん》ではないが、ただ、呆《あき》れたように言った。

「お前、まだこういうところで遊んでいるのか。そろそろ本気で身を慎め。お信乃どのがかわいそうだ」

判ってるよ、とだけ、甲次郎は言った。

だが、そう言いながら、甲次郎の頭に浮かんだのは、信乃の顔ではなかった。

昔、一度だけ、ここに連れてきた娘のことだ。

そのとき、その娘は泣いていた。

むろん、悦《よろこ》んで泣いていたわけではない。

添うことのない男と寝て楽しむほどには、すれていない娘だったのだ。むろん、生娘だった。

それが判って、甲次郎はひどく後悔したのだが、そんなものは、遅すぎる話だった。

以来、一度も、娘に触れたことはない。

ないのだが……。

あらぬことを考え、甲次郎がろくに注文もせずにいると、なじみの女中は勝手に、ざるそばを二人前、持ってきた。それに、酒を一本。

「お勤め中だ」

きまじめな祥吾は顔をしかめ、杯を伏せた。

しょうがねえな、と甲次郎は、自分だけ、酒を口にする。

祥吾は、苦い顔で、蕎麦に手をつけた。

で……と、甲次郎が問いかける。

「死んだ男が佐七って名前なのは、確かなのか」

「そうだ」

祥吾は探るように甲次郎を見ながらうなずいた。

「若狭は小浜、酒井家領の百姓らしい」

「酒井家、ねえ」

「農人町《のうにんまち》の浅野屋という公事宿《くじやど》に、一ヵ月ほど前から滞在していた。ところが、二日前、部屋で首をつっていたそうだ」

「なんだって。おい、佐七は殺されたんじゃなかったのか？」

「妙なことを言うじゃないか、甲次郎。お前、一体、そんな話をどこで聞いた」

祥吾は、眉をひそめた。

「おれでさえ、ここまで調べをつけるのは、なかなか骨だったのだぞ」

「どこから聞いたかは後で話す。それより、妙な話じゃねえか」

甲次郎は言った。

「公事宿で、遠方の百姓が首をつった。本来なら、もっと騒ぎになるはずだ。それが、探索してたどりつくまで、役人のお前の耳に届いていなかったのか」

「おれも、おかしいと思った」

祥吾は、町廻り同心のなかでも、腕利きとして知られる男だ。

自然、奉行所まわりで働く手先衆も、祥吾に目をかけてもらおうと、様々な情報を、ほかの同心に対するよりも先に、祥吾に伝える。

にもかかわらず、佐七の縊死《いし》に関しては、まったく、祥吾の耳に入っていなかったという。

「公事宿といえば、各地から、揉め事を持った連中が集まってくる場所だ。そこで首つりとなれば、なんらかの事件と関わりがあるはず、そう考えて奉行所に届け出るのが普通だ」

しかし、それがなかった。

「むろん、何故なかったのか、おれは調べた」

祥吾の目が鋭く光った。

「公儀にことが洩《も》れぬよう、細工をした男がいる。公事宿の主に大金をつかませてな」

「金……」

甲次郎の頭に、泉屋の清太郎の顔が浮かんだ。

だが、祥吾は言った。

「武士だ。おそらくは小浜藩の家中だろう」

「武士か」

予想がはずれ、甲次郎は舌打ちする。

「なんだ、お前、何か心当たりでもあるのか?」

祥吾は鋭く、甲次郎の表情を読んで、問うてきた。

さすが腕利き同心だな、と感嘆しつつ、甲次郎が、先日の若狭屋での一件について、話をしようとした、そのときだった。

「旦那。若狭屋の若旦那」

やけに慌てた様子で、女中が座敷に転がり込んできた。

「なんだ、どうした」

「それが……あの、お店の方がお見えなんですけど、それが……」

真っ青な顔で、女中はそれきり言葉が続けられない。

「店? 若狭屋のか?」

甲次郎は、首をかしげた。

この店に入り浸っていることは、若狭屋では誰にも知られていないはずだった。むろん、ひとりだけ知っている者はいるが、他言するはずはない。

「若旦那、やっぱりここでしたんか」

女中の体を押しのけるようにして現れた男が、憤りを抑えた声で言った。

若狭屋の奉公人、音助だった。

どうして甲次郎がここに出入りしていることを知っているのか、それだけでも驚くところだというのに、

「お前、その腕はどうした?」

思わず腰を浮かし、甲次郎はうわずった声をあげた。

音助は、呉服屋の手代らしく、いつも、質の良い縞木綿《しまもめん》をきっちりと着ている。

だが、今、その縞の右袖が無惨に破れ、あらわになった二の腕からはおびただしい血が流れているのだ。

流血を目の前にして、女中がさらに青くなってその場に崩れこむ。

「……襲われましたんや、侍連中に」

音助は、痛みをかみ殺した声で、言った。

「何？」

甲次郎と祥吾の声が重なった。

だが、音助は、二人の声すらかき消すほどの声で、叫ぶように続けた。

「私だけと違う。番頭の利兵衛さんもや。利兵衛さんは……腹を刺されて、その場で……」

なんだと、と甲次郎はわめいた。

「いつ、どこでだ。その侍連中は、今、どこに――」

「若旦那、判ってはりますか」

甲次郎の言葉を遮るように、音助は甲次郎をにらみつけて叫んだ。

「あんたのせいや。あんたが妙なことにおもしろ半分で首つっこんで、それで、やつら、こんなことまで――」

三

若狭屋の番頭、利兵衛の死は、通りすがりの物取りによる凶行として片づけられた。

手代の音助とともに得意先回りをしている最中、懐中の金を狙った物取りに襲われ、脇差しで腹を刺されて絶命した。音助は、腕を斬られたが、一命はとりとめた。下手人は身なりから考えて、浪人者。若狭屋には、特に恨みを買う心当たりもなく、くいつめた浪人の、金目当ての犯行と考えられる。

それが、若狭屋の主人宗兵衛が、弔い客に説明した事情だった。

宗兵衛は、それ以外のことを、一切話さなかった。

普段は、商人らしく愛想の良い男だが、今回ばかりは、事情を聞きに来た町年寄にすら、余計なことは喋らなかった。

襲ってきた連中が、浪人などではなく、身なりも整った武士の徒党であったことも、まわりには厳重に秘せられた。

利兵衛の葬儀の日は、雨になった。

宗兵衛が若狭屋を開くにあたって、実家の呉服屋から呼び寄せた古参の奉公人だった利兵衛は、店の仕事に熱心なあまり、所帯を持つのが遅く、四十半ばでようやく、取引先の出戻り娘を嫁に迎えた。

以来、若狭屋の二町先に家を構え、通いの番頭として働いていた利兵衛だったから、葬儀も自宅でしめやかに行われた。

若狭屋は、主人夫婦はもちろん、一人娘の信乃までが葬儀に参列し、哀悼の意を述べた。

遅くに所帯を持ったため、利兵衛の一人息子は、まだ七つ。

宗兵衛は、利兵衛のこれまでの働きをみとめ、まとまった弔い金を女房に渡した後、せがれが望むようであれば、若狭屋で一人前の商人に仕込んでやろうとも約束した。

信乃は、ずっと、泣いていた。

信乃には、いつもの通り、千佐がつきそって、傘を差し掛け、何くれとなく世話を焼いている。

甲次郎は、一歩離れたところから、すべてを黙って見ていた。

利兵衛が命を落とした本当の原因を知っている者は、店の内でも、数少ない。

だが、利兵衛とともに襲われた音助と、そして甲次郎自身は、なぜこんなことになったのか、身に染みるほどに判っている。

音助は、下手人たちの脅しの言葉を聞いていた。

おとなしく五十両で手を打たないからこういう目に遭うのだ、文と鳩を返し、役人にも手を引かせろと、彼らは、音助に言ったのだそうだ。

音助が命を拾ったのは、その言葉を若狭屋に伝える役目を持たされたからであって、そうでなければ、音助もまた、その場で惨殺されていただろう。

たかが一羽の鳩のために、人の血が、流されたのだ。

「襲った奴の素性は明らかだ。仇、とってやる」

甲次郎は、事情を知らされたあと、店に駆け戻り、右腕だった番頭の亡骸《なきがら》の傍らに呆然《ぼうぜん》と座り込む養父に怒鳴った。

手を下してきた武士が、酒井家の家中であることは明白だ。

そこまで判っていながら、黙っていられる甲次郎ではなかった。

だが、若狭屋宗兵衛は、首を横に振った。

「騒ぎ立てても、何の益にもならん。酒井様は、若狭屋の大得意さまや」

酒井家は、幕閣に近い場所にいる、権力者であった。

それでなくとも、今後、一切、若狭屋との取引を止める、などと言われたら、若狭屋には命取りだ。若狭屋にとって、名家の「御用達」の三文字は、商売を行う上で、大事な看板だった。

「父さん」

「ええな、甲次郎」

甲次郎をぐいとにらんだ養父は、一言も責める言葉を口にしなかった。

それが甲次郎には、いっそう辛かった。

血のつながりのない甲次郎を、ここまで育ててくれた若狭屋の夫婦に対して、取り返しのつかない過ちを犯してしまったと思った。

もちろん、それ以上に、命を落とした利兵衛にも、だ。

憔悴《しょうすい》しきった利兵衛の女房の姿に、甲次郎は吐き気がするほどの自己嫌悪を感じた。

耐えきれず、喪服姿の後家から目をそらした甲次郎だったが、そこで、ふと、思ったことがあった。

若狭屋にとって、酒井家は重要な取引相手。だから、ことを荒立てられない。だとしたら、それで、十二分に脅しになるはずだった。

言うことをきかなければ、取引をやめるぞと言うだけでいい。

商人を殺すのに刃物はいらない。商いの息を止められれば、そこまでだ。

(だが、奴らは、刀を使った)

刀を抜き、利兵衛の命を奪い、力で脅した。

そう思った瞬間、今までとは別種の怒りが胸に灯るのを、甲次郎は感じた。

利兵衛の死を知らされてから、甲次郎の心にあったのは、強烈な後悔だった。

自分が軽々しい真似をして武家にからんだりしたからだと、悔やむ気持ちを抱いていた。

(だが)

甲次郎は、ぎり、と奥歯をかんだ。

甲次郎の胸に新たに湧いたのは、今までとは違う怒りだった。

それは、刀を持つ武士が、それを持たぬ相手を蹴散らした、そのことに対する怒りだった。

利兵衛は丸腰だったのだ。当然、音助も同じだ。

それを、奴らは、ためらわず殺した。

許せることではなかった。

たとえ、若狭屋宗兵衛が許すと言ったとしても、このおれには許せない。同じ武士の血をひく者だからこそ、許せないのだ。

甲次郎は、葬儀の列に背を向け、その場を離れ、ひとり、往来に出た。

辺りを見回すと、思った通り、見知った顔が、数軒先の蕎麦屋の軒先で、こちらの様子をうかがっている。雨宿りをしている風を装っているが、顔は間違いない、丹羽祥吾が手先にしている男だった。

四

「できる限りのことはする。それでも、最後にことを決めるのは、そっちだ」

甲次郎をにらむようにして、祥吾は会うなり、不快げに釘を刺した。

若狭屋宗兵衛が、奉行所に対して、利兵衛の死に関して、無用の騒ぎだてをせぬよう、内々に申し出てきたというのだ。

「残された者には、静かな暮らしこそが必要かと」

そう言って、妻子や店の者に対する取り調べにも手心を加えて欲しい、と取り調べを慎んでくれるよう頼んだ。むろん、その際、祥吾の上役である定町廻り方の与力に、まとまった金を包んでいる。

商売人が、外聞の悪い事件との関わり合いを避けるのはいつものことだから、与力もすでに、宗兵衛の申し出を汲むつもりになっている。

このままならば、下手人捜しも、形式的なもので終わってしまう。

むろん、祥吾は、それで納得する質《たち》の男ではないが、上役に手を引けと命じられた上、肝心の若狭屋も取り調べに応じないのでは、探索のしようがない。

養父は説得する、と甲次郎は言った。

「それで、さらに奴らが何かしかけてくるなら、おれが店の者を守る。これ以上、奴らの好きにはさせない」

だが、若狭屋宗兵衛は、甲次郎の言うことになど、耳を貸さなかった。

「これ以上、若狭屋ののれんに傷がつくことを、利兵衛が望むと思うか」

若狭の呉服屋の次男坊に生まれながら、小浜で地道に兄の分家となることを選ばず、小浜の絹織物を大坂に売り出すことで一代で店を作り上げた男の、商人としての判断は揺らがなかった。

奥座敷で向かい合った甲次郎に対し、宗兵衛は、表情を変えることもなく、言った。

「いずれ、向こうさんから、また何か言うてくるやろ。そのときに、何もかも、手打ちする。向こうさんが返せ言うもんは返す。それだけのことや。それでおしまいや」

「しかし」

父さん、と、呼びかけようとして、甲次郎はためらった。

若狭屋宗兵衛は、実直で、商売熱心で、奉公人にも慕われ、世間に後ろ指されることなど何一つない人生を生きてきた男だった。

その宗兵衛に、たったひとつ、選び損ねたことがあるとしたら、甲次郎を育てたことだ、と、甲次郎は、ずっと以前から、思い続けていた。

お前は身分高い侍の血をひいている、大事な預かりものだ――まだ甲次郎が幼かった頃は、宗兵衛自身、何度か、そう口にした。

だが、いつからか、宗兵衛は、それを秘するようになり、甲次郎自身にも、お前は若狭屋の跡取りだ、それ以外の者ではない、と言い聞かせるようになった。

まるで、昔告げた言葉を、忘れさせるかのように、何度も繰り返した。

今の宗兵衛も、言外に、そう言っているようだった。

だが、宗兵衛がどれだけ忘れさせようとしても、幼い頃に聞かされた言葉は、まじないの言葉のように、今も甲次郎の胸に巣くっているのだ。

甲次郎は、宗兵衛に何も言わず、立ち上がった。

若狭屋宗兵衛は根っからの商人だ。商人だからこそ、店を守るためには、なんでもする。

だが、それは、甲次郎にはできないことだった。

それをするのが商人だと言うならば、やはり、自分は、商人ではないのだとしか、言うことができない。

「待ち。甲次郎」

宗兵衛が、出て行こうとした倅《せがれ》を呼んだ。

「こっちの話は、まだ終わってへん」

そう言いながらも、宗兵衛は立ち上がり、隣りの仏間に足をはこび、仏壇の奥から、何かを持ち出してきた。

甲次郎に向かいに座るように促したあと、宗兵衛は、古びた紫の風呂敷にくるまれたそれを、開けてみ、と差し出した。

甲次郎が包みを開くと、出てきたのは、懐剣だった。

黒塗りの拵《こしら》えには蒔絵《まきえ》の細工が施され、一目で、高価な品と知れた。古い。ところどころに傷もある。

「お前の母親のもんや。……酒井家にゆかりのひとやった」

宗兵衛は、ぽつりと言った。

甲次郎は、宗兵衛の顔を見直す。

（酒井家にゆかりの――）

甲次郎には、特に驚きはなかった。

これまでに、何度も、問いかけては、はぐらかされてきたことがある。

自分の実の親はいったい誰なのか。

三歳で若狭屋に引き取られた甲次郎には、実母の記憶はほとんどない。

覚えているのは、今と違って、もっとずっと貧しい暮らしをしていたことと、母が、いつも何かに怯えていた、ということだ。

だから、甲次郎にとって、母との記憶は、甘いものではない。

腹が空いて、何かにびくびくとしていた――それだけだ。

だが、その母が酒井家と関わりがあるであろうことは、察しがついていた。

若狭屋は、酒井家の江戸藩邸にも出入りがあり、宗兵衛が甲次郎を引き取ったのは、酒井家の江戸藩邸に一ヵ月ほど出向いていた後だという。

江戸から帰ってきたときには、宗兵衛は幼子を連れていたのだ。

「もしや、旦那の、江戸での隠し子……」

そんなことをささやく奉公人もいたが、宗兵衛は、自分が実父であることをきっぱりと否定し、甲次郎を武士の子だと言った。

母は江戸にいた。だが、死んだ。だから引き取ったのだと、女房にも、奉公人にも、そして甲次郎自身にも、はっきりと告げた。

ならば、若狭屋にとって縁の深い酒井家が頭に浮かぶのは、当然といえば当然のことで、実を言えば、甲次郎は、幼い頃には、酒井家の蔵屋敷の前を、こっそりとうろついてみたこともあったのだ。

そこに、自分の実の父親がいるのではないか、と考えてのことだった。むろん、それを、養父母に言うことはできなかった。

その酒井家に縁《ゆかり》の女のものだという懐剣を、甲次郎は手にとって眺めた。

何の感慨も、ない気がした。

もっと幼い頃ならば、違ったかもしれない。

だが、すでに母の匂いを懐かしいと思う気持ちなど、失《う》せていた。

ましてや、今の、この状況で、甘い感情など生まれようもない。

「家中の女ですか」

「武家の娘とは違う。小浜の在方の娘が城下で奉公中に身分高い方に見初められ、江戸の藩邸にまで、ご奉公にあがった。もうこの世にはおらんけど、お前が酒井家との間に面倒を起こすこと、お望みになるとは思われん」

「……」

「利兵衛のことは、儂《わし》が償う。お前は、もう、関わったらあかん。関わらんほうがええんや。おえんさまも、そうお望みのはずや」

おえんさま、と呼んだ宗兵衛の声音が、わずかに揺れた。

懐剣の元の持ち主を懐かしんでいるように見えた。

「お前は、商人の子や。そう育てたつもりや」

宗兵衛は、そう言って立ち上がった。

部屋の外から、手代が主人を呼ぶ声がする。

創業以来の主人の右腕だった番頭を失った若狭屋は、今がこらえどきなのだ。

宗兵衛には、気を休め、昔を懐かしんでいる暇などない。

去っていく背に、疲れが見えた。

甲次郎は、黙ってその背から目をそらした。

五

長堀を南に渡り、東横堀と、鰻谷《うなぎだに》通りと箒屋《ほうきや》町筋に囲まれた一画に、間口五十六間、奥行二十間の大きな屋敷がある。

島之内の北東の端にある、泉屋の本宅である。

大坂の町場は、長堀をはさんで、船場、島之内と呼び分けられるが、これは、大坂の市中を三つの組に分け、北組、南組、天満組と名付けて支配の基盤とした公儀の組み分けとはまた異なり、市中の住人が呼び習わしてきたものだった。

道頓堀《どうとんぼり》の南に広がる難波新地《なんばしんち》や、西横堀の西に開発された堀江新地などと比べ、しっかりとした浪華《なにわ》の商人が住まうのは、船場や島之内とされていた。

その、島之内にあっても、飛び抜けて大きな家屋敷と、その裏手に設《しつら》えられた、この国の輸出銅の三割を生産するという銅吹き所が、豪商泉屋の、富の象徴だった。

銅吹き所では、各地の銅山から送られてきた粗銅《あらどう》を精錬し、純度の高い棹銅に仕立てるため、大勢の職人が日がな一日、汗を流している。

その有名な銅吹き所が見渡せる新橋の上に、もう半刻《とき》ばかりも、千佐は立っていた。

別に、何をするというあてがあって来たわけではない。

ただ、店にじっとしていられなかっただけだ。

殺された利兵衛は、千佐にとって、なじみの深い存在だった。

特別に親しく言葉を交わしていたわけではないが、若狭屋の番頭だったのだから、千佐にとっては家族も同然だった。

日に一度は顔を見たし、顔を合わせれば、当然、挨拶《あいさつ》はする。

その利兵衛が、殺された。

千佐には、まだ信じがたいことだった。

店に帰れば、当たり前にそこにいて、「お千佐お嬢さん、お帰りやす」と丁寧に頭をさげてくれる気がする。

しかし、千佐は自分の目で利兵衛の亡骸を見、葬儀にも参列したのだった。

「おい、こんなところで何をしている」

ふいに、背後から声をかけられ、千佐は飛びあがりそうになった。

「お前も甲次郎と同じで、余計なことに首を突っ込む質《たち》か」

振り返った千佐の目に入ったのは、顔なじみの奉行所同心だった。

どうしてここに、と思ったが、問う前に納得した。

例の事件に泉屋が関わっていることを、甲次郎が話したのだろう。

だから、この邸宅のまわりをうろついているのだ。千佐と同じことを考えているのだ。

祥吾は眉間にしわを寄せ、何も応えない千佐を見下ろした。

「若狭屋に関わりのある娘が一人でこんなところをうろうろしていては、狙ってくれと言っているようなものだぞ。それとも……」

祥吾は、窺《うかが》うように千佐を見た。

「奴らと話でもする気か？」

いいえ、と千佐は首を振った。

そんな気は、なかった。

本音を言えば、泉屋に行ってみよう、と思ったときには、あの清太郎を呼び出して、利兵衛殺しにあなたたちは関わっていたのか、と問いつめてやりたいとも考えていた。

武家連中はともかく、同じ商人である相手になら、話が通じるかもしれない、と一縷《いちる》の希望も持っていた。

だが、実際に、泉屋の大邸宅を目にすると、とてもそんな気にはなれなかった。

千佐が、あの広大な屋敷に入っていき、そして、二度と出てこなくても、誰も不審には思うまい。

「伏魔殿《ふくまでん》だぞ、あれは」

千佐の胸中を見てとったように、祥吾は声をひそめた。

「誰がいつ出入りしているのか、判らん。銅吹き職人だけでも、常時、百人以上、働いている」

「百人……」

若狭屋は、賄いの女中まで入れても、十人ほどの奉公人しかいない。千佐の生家の造り酒屋とて、似たようなものだ。

「余計なことは考えるな。ついて来い」

祥吾は、短く言うと、さっさときびすを返し、長堀を北へ渡り始めた。

（ついて来い、って……）

一方的な命令に、従う義理はない。

丹羽祥吾は、甲次郎の幼なじみで、幼い頃には何度か、若狭屋にも遊びに来ていた。

甲次郎が家を飛び出してしまった後も、季節に一度は、若狭屋に顔を見せ、それを若狭屋の者たちは歓迎しているようだった。

商家にとって、親しい間柄の役人がいる、というのは大事なことであって、東町きっての切れ者と呼ばれる丹羽祥吾のなじみの店となれば、ごろつきがたかりに来る心配もない。

しかし、千佐にとって、二人きりで喋りたい相手ではなかった。

第一、町中を、男と連れだって歩くなど、たとえ相手が役人でも、抵抗がある。

「来い」

千佐が逡巡《しゅんじゅん》していると、もう一度、振り返って、祥吾は言った。

仕方がない。

千佐は、黙ってその後について歩き出した。

ところが、橋を渡りきろうかというところで、祥吾がいきなり、足を止めた。

「おや、これは、東町の丹羽殿ではないか」

横柄な声が聞こえ、祥吾の前に、壮年の武士が立った。供を二人従えている。

「これは、島崎《しまざき》様」

祥吾は、硬質な声で応えた。

その声音から、相手が祥吾にとって、あまり好感を抱くことのできない相手であることがうかがえた。

島崎と呼ばれた男の目は、千佐にも向けられ、

「おや、堅物の丹羽殿が女性と一緒とは珍しい、お邪魔をしてしまったかな」

「取り調べに関わる女ですので」

あくまでも淡々と、祥吾は言った。

千佐は、顔を隠すようにうつむけながらも、視線は、ちらちらと男たちに走らせた。そして、はっとなった。供の侍のうち、一人は、あの蔵屋敷の前にいた、中年の侍だったのだ。

侍のほうは素知らぬ顔をしているし、千佐と同様に、あのとき侍と顔を合わせているはずの祥吾も同じだったが、千佐は体が強張《こわば》るのを感じた。

「今日は、泉屋に御用ですか」

祥吾はさりげなく、言った。

「酒井家勘定方の島崎様が直々にお越しになったとなると、やはり、野上銅山の件で」

「……………」

今度は、島崎のほうが、触れられたくないことを訊《き》かれた、という顔になった。

「あちらは、なかなか、順調にお進みとか。やはり、泉屋のような商家が乗り出すと、そのあたりは、しっかりとしたものでしょうな」

「家中のことを話すのは、好まないのでな。失礼する」

島崎は、あっさりと話を打ち切り、歩き出した。

供を連れたまま、祥吾の脇を通り過ぎて橋を渡りきり、まっすぐに、泉屋の門のなかに消えていく。

祥吾がその背を見送っていることに気づいているのだろうが、振り返ることはしなかった。

「今のは酒井家の、あの蔵屋敷の前で会うたお侍でしたやろ。やっぱり、泉屋さんに、よう出入りしてはるんやろか」

島崎たちの姿が消えたあと、千佐は、祥吾に確かめたが、祥吾は応えず、

「とっととここを離れるぞ。あまりうろうろしていると、本当に、まずいことになりかねん」

向こうにも顔を見られたからな、と言い、今度は、さっきまでとは違い、千佐をかばうように隣にならんで歩き始めた。

若狭屋まで送る、と言った祥吾に、千佐は訊ねてみた。

「野上銅山てさっき言わはりましたけど、小浜の銅山ですか」

「……」

「さっきのお侍さん、酒井家の勘定方のお役人て言わはりましたけど、それが泉屋さんと銅山のお話、て、どういうことやろ。小浜の銅山と、泉屋はんの銅吹き商いと、何か関係が……」

「うるさい」

断ち切るように、祥吾が言葉をはさんだ。

「おしゃべりな女だな」

視線を前に向けたまま、不愉快そうに眉をひそめていた。

「知りたいことがあるだけです」

「なるほど。で、その調子で、甲次郎にも、なんでも話すつもりか」

千佐は黙った。

甲次郎とのことは、あまり祥吾に触れられたくない。

「今日、おれに会ったことも、話すのか」

「……あかんのですか」

甲次郎と祥吾は昔なじみの友人のはずだ。

話していけない理由は思いつかないし、話さないでいるほうが不自然だ。

「余計なことは話すな」

祥吾は、強い口調で千佐に命じた。

「なんで」

「余計なことを知ると、甲次郎は、首を突っ込みたがる」

それは確かにそうだ、と千佐は思った。さすがに、友人だけあって、祥吾は甲次郎をよく判っている。

「あいつには関わりないことだ。若狭屋の跡取り息子なら、商人らしくしていればいい」

しかし、その祥吾の言葉が、自分が武士であることを鼻にかけ、商家の倅である甲次郎を軽く見ているように感じられ、思わず、千佐は言い返した。

「甲次郎さんかて武士の血をひいてはります。そやから、酒井様の卑怯なやり方は許せへん、ていうてるんです。なんで判ってあげられへんのですか」

一瞬、祥吾は言葉につまったが、

「確かに、あいつは武士の血筋だそうだな。以前に、聞いたことがある。だが、この一件は、あまりにも危険だ。甲次郎を危ない目に遭わせてもいいのか」

今度は千佐が言葉につまった。

「あいつは確かに腕っぷしならたいしたものだが、世の中には、それだけではどうにもならぬことが山のようにある」

それに、と、祥吾は千佐を振り返って、妙に生真面目な声で付け足した。

「血筋はどうあれ、今の甲次郎は若狭屋の跡取りだ。お信乃殿が元気になられたなら、すぐに祝言をあげ、二人で若狭屋を継ぐことになるのだろう。それ以外のことに、関わらぬほうがいい」

「判ってます」

千佐は祥吾の視線から逃げるように目をそらしたが、祥吾は静かな声音で続けた。

「二人のためを思うなら、これ以上まわりに騒ぎが起こらないようにしてやれ」

それは、ひどく真摯《しんし》な声音だった。

六

「これはこれは島崎様」

客間で酒井家勘定奉行島崎与八郎《よはちろう》を出迎えたのは、手代の清太郎だった。

いつものごとく、笑みを顔に貼り付けており、底が見えない。

まるでこの店のようだ、と、島崎は思った。

泉屋の本宅は、外見はあくまで商家だが、中に入れば、酒井家の蔵屋敷でさえ及びのつかない豪勢な調度品に彩られている。

客間に通された島崎は、いつも通り、その華美な様子に不快感を覚えた。

しかし、言葉では何も言わなかった。

この店にうなる金銀をどれほど引き出せるかが、酒井家勘定方たる島崎の手腕の見せ所なのだ。

今、自分の仕える主人は、老中になれるかどうかの瀬戸際にある。いや、八割方、目的は達成されつつある。

だが、あと一押し、なおも足りないのは、金だった。

酒井家は、過去にも老中職についてきた名家ではあるが、いかんせん、財政に難がある。

藩政の中枢にいる年寄連中は、もう五年も十年も、改革を、改革をと声高に言い続けてはいるが、まるで成果をあげていない。

むろん、このご時世、財政的にゆとりのある藩など、抜け荷を公然とやる一部の外様大名くらいで、老中職を狙う譜代大名は、どこも似たような台所事情だろうが、だからこそ、ここが踏ん張りどころだった。

ここまで、ことはすべて、うまく運んでいるのだ。後は、小うるさい蠅《はえ》どもさえ黙らせてしまえば、何もかも思惑通りに運ぶ。

今、多少の不快さゆえに、この店の有り様に文句をつけても始まらなかった。

（……とはいえ、これはな）

床の間に、あらたに、ギヤマンの派手な花瓶が増えているのを見て、島崎はさすがに眉をひそめた。

いったい、このようなけばけばしい品を買い求めるのに、この店の強欲な主は、どれほどの金を払ったのだろう。

オランダ渡りの品であることは確実だ。

泉屋の富の源である銅は、基本的に輸出用の製品であるから、泉屋と長崎オランダ商館とのつながりは深い。

もう二十年ほど前のことだが、医師のシーボルトを含むオランダ商館員の一行が、江戸参府を行った際にも、大坂に立ち寄り、この住友銅吹き所を見学した。

そのときに、泉屋が、オランダ人でさえ感嘆するほど、完璧な西洋流のもてなしを行ったことは、市中でも評判になったものだった。

食器のひとつひとつまでが、オランダから直輸入のものであり、本国の人間さえ驚く一流品ばかりだったというのだから、すさまじい。

商人風情が贅沢《ぜいたく》にもほどがあろう、と思う。

（いずれ、殿が老中になった暁には……）

このような商人たちも一掃していただかねば、と島崎は考えていた。それが、長年、大坂という商人の町で、金勘定に身を削ってきた島崎の抱くようになった感情だった。

だが、そのためにも、今は、泉屋との縁は、決して切ってはならぬものであり、不都合の種は、早めにつみ取っておかなければならないのだ。

「清太郎」

島崎は、なじみの手代を、自らの家臣のように、呼びつけた。

「東町の同心が、店の前をうろついていたぞ。例の丹羽だ。このまま、あの件が騒ぎになったりしては一大事だ。早々に、何とか手を打て。よいな」

「はい」

清太郎は、笑みを崩さずにうなずいた。

では早速に、と言い置いて、音も立てずに部屋を出て行く男の後ろ姿を、島崎は苦々しい思いで見送った。

第三章　銅山騒動

一

利兵衛の葬儀から数日が過ぎた。

甲次郎は、若狭屋の離れで縁に腰をかけ、庭をながめながら、思案を巡らせていた。

利兵衛が殺された一件を、もう一度はじめから考え直してみれば、人殺しをしてでも隠したいことが、酒井家にはあった、ということだ。

連中は、利兵衛を殺したことで、こちらに釘をさしたつもりなのだろう。

だが、実際、伝書鳩を奪った甲次郎や、若狭屋の者たちは、その秘密が何なのか、まったく、判っていないのだ。

あれから、何度も何度も、甲次郎は文を見返してみた。

あるいは、あぶり出しのような仕掛けがあるのでは、とも考え、試してみた。

だが、まったく、何も、秘密めいたことはない。

しかし、どんな思い違いがあったものか、相手は、甲次郎が、その秘密を知ってしまったと勘違いしている。甲次郎が鳩を手に入れたことで、あるいは、鳩をめぐって佐七という小浜の百姓と関わったことで、だ。

さらに気になるのは、泉屋の存在で、泉屋といえば、両替商であり、銅吹き商でもある大店《おおだな》だ。

（その泉屋も、秘密に関わっているとしたら、いったいどういうものだ？）

泉屋と酒井家の関係は、大名と豪商にありがちな、金の貸借関係だろう。

このご時世、大坂の豪商に金を借りずに藩政を保てる家など、ほとんどない。

鴻池《こうのいけ》、平野屋、天王寺屋《てんのうじ》といった、今橋《いまばし》あたりに邸宅を構える大坂の大両替商たちが、各地の領主の屋台骨を支えている。

酒井家も、例外ではあるまい。

だが、泉屋の場合、両替商のほかに、銅吹き商の顔も持っていた。

（銅――か）

銅吹き商は、地方の銅山から運ばれてくる銅を精錬するだけでなく、各地の銅山に直接、人手を送り込み、その経営にまで関わることがある。

泉屋でいうならば、たとえば、別子《べっし》銅山だ。

貞享四年（一六八七）に鉱脈が発見されて以来、良質の銅を産出し続けている別子銅山は、もともと、泉屋が幕府に開坑を願い出、運上金の上納と引き替えに、年季を限った経営を許されてきたものだ。

それが、元禄十五年（一七〇二）には、泉屋の永代稼行が認められ、実質的に、泉屋の所有する銅山となったのだ。

銅吹き商ならば、場合によっては、大名領分や幕府の直轄地にまで入り込み、その地で大きな力を持つことがありうる。

たとえば、酒井家領に、泉屋の銅山があるとしたら、どうだろうか。

（それが、公儀に届け出ていない隠し銅山の類であったとしたら）

酒井家と泉屋、双方にとって、多少の無茶をしてでも守りたい秘密になるだろう。

だが、甲次郎は、すぐに、その考えを否定した。

泉屋の銅吹き稼業は、あまりにも有名だ。

隠し銅山から運ばれてくる銅など、もしあれば、すぐに公儀がかぎつける。

泉屋の銅吹き所は、幕府の銅座とも密接な関わりがあるのだ。

輸出銅精製のほとんどが、この大坂の町で行われているため、長崎へ送る銅を管理する幕府の銅座は大坂にあり、銅の価格や、輸出量などを、厳しく取り締まっている。

むろん、多少の抜け商いはあると言われているが、泉屋ほどの豪商ともなれば、隠し銅山を持つよりは、銅座役人に金でもつかませ、己の都合の良いように価格を動かすほうが、よほど手っ取り早いだろう。

今、大坂の豪商には、そのくらいの力はある。

(小浜のことが、少しでも判れば、あるいは……)

酒井家の領地は、小浜だ。

殺された佐七も、その地の百姓だった。

そちらの事情がもう少し摑《つか》めれば、何か、手がかりになるかもしれない。

よし、と短い声とともに、甲次郎は立ち上がった。

その拍子に、傍らに置いたままだった懐剣に手が触れ、甲次郎は動きをとめた。

在方の出でありながら、武士との間に甲次郎を産んだ女が持っていた懐剣だ。その女もまた、小浜の出であるはずだった。

甲次郎は、夕飯時が過ぎ、通いの女中が帰る頃合いを待って、店の外に出た。若狭屋は、主の宗兵衛が小浜出身であるため、小浜から雇い入れた奉公人が、何人かいる。なかには、今もそちらの親戚とつきあいを続けている者もいた。

(確か、賄い方の……)

おまつという女も、もともと、小浜の在方の出だった。

今は、出入りの職人だった植木屋と所帯を持ち、通いで奉公している。子供が小さかった折には、奉公もやめていたのだが、一人娘が嫁に行って寂しいといい、昔の伝手《つて》で、もう一度、若狭屋に戻ってきたのだ。

「若旦那、どないしはったんです、こんなとこで」

ようう、と声をかけてきた甲次郎の姿を認めると、おまつは、やや気まずそうに、手にした風呂敷包みを背に隠そうとした。察するところ、台所であまった料理の類を、家に持って帰るつもりらしい。

むろん、甲次郎に、そんなことを咎《とが》める気は毛頭ない。

戸惑い気味の古参女中に、まずは、いつも遅くまで大変だな、と、労をねぎらう言葉をかけた。

いいえ、そんな……と、おまつは大袈裟《おおげさ》に首を振ったが、顔を見れば、素直に気をよくしているらしい。

それを確かめた上で、

「ところで、おまつは、故郷は小浜だったたな？」

「ええ、そうです。……ていうても、もう、離れて三十年にもなりますさかい、ほとんど、こっちの女になってしまいましたけど」

言葉もすっかり上方《かみがた》風に染まってしまった、と、やや得意げにいう。

そりゃそうだろうな、と甲次郎も調子を合わせ、

「しかし、向こうに親戚はいるんだろう？　確か、在方の出だ、と言ってたな？　そこで、百姓をしていたんだとか」

「いいえ」

かまをかけてみた甲次郎の言葉に、おまつは大きく首を振った。

「うちは百姓とは違います。もとは野上村の出やったそうですけど、うちらの親の時分には、まだ、あそこは、田畑ができるような土と違いましたから、城下に

出て、植木職人やってました。親としては、代々耕してきた田を手放したくない気持ちはあったそうですけど、言うても、お山のアレがねえ……」

「お山の……？」

「ほら、銅山の」

おまつは、眉間にしわを寄せて、肩をすくめた。

「野上村いうたら、昔に閉山になった銅山がありましたんや。ほんで、その当時、銅山の垂れ流した悪水で、田畑も海も、荒れ放題になって、とても、まっとうに百姓のできる村やのうなってしもて」

「銅の悪水か」

鉱石を掘り出し、精製する過程では、大量の廃水が発生する。

「そりゃあ、ひどかったんだろうな」

「もちろんですわ。うちらの親戚筋に、野上川の河口近くで漁をやってたひともいてました。けど、魚も死に絶えてしもたさかい、とても漁師ではやっていけん、て言うて、城下に一家みんなで移らはりました。けど、手に職もないし、振《ふり》売《うり》の商いしたりして、それはもう、苦労してはりました。当時は、もう、大勢、そんなひとがいたそうで。……けど、なんで、若旦那、そないなこと、聞きはるんです？」

「いや、まあ少しな」

甲次郎は、適当にごまかそうとしたが、おしゃべりな賄い女は、何かに気づいたようで、先回りして言った。

「まさか、若旦那、あの泉屋さんのことで、何か調べようとしてはるんと違いますか。野上いうたら、泉屋さんの銅山やったお山やし」

「泉屋の銅山だと」

「ええ、そうです。──あ、いややわ、言うた端から、また口がすべって。えらいことやわ。余計なこと喋《しゃべ》ってしもたら、旦那様になんて言われるか。ご寮さんにも……」

「ああ、そういえば」

甲次郎は、狼狽《ろうばい》するおまつの言葉を遮るように、たもとから、紙包みを取り出し、慌てた様子のおまつの手を取って、握らせた。

「おまつはもうじき孫が生まれるんだそうだな。何かと物入りだろう？……また、何かあったら、いつでも言ってくれよ」

あら、まあ、と、おまつはさらに困惑顔になった。

それで、と、甲次郎は続けた。

「野上村の銅山がかつて閉山になったのは、その悪水の垂れ流しが問題になったからなんだな？」

「へえ、そうです」

ためらいがちに声をひそめたおまつは、結局、話を続けることを選んだようだった。紙包みを、しっかりとたもとにしまいこむと、言った。

「銅山の悪水で、まわりの田畑が枯れ果ててしもて。川の水が流れ込んだ海でも、ぎょうさんの魚が死にました。それで、百姓や漁師衆が騒いで、城下に訴えに出て……」

「その訴えを、酒井家が、聞き届けた、と」

「確か、ご公儀の裁定があった、って聞いてますけど、だいぶ前の話やし、うちもはっきりとは」

「なるほどな」

「あの、若旦那……」

おまつが、おずおずと、言った。

「もう行かせてもろてかまいまへんやろか。早う帰らんと、家で、その……」

甲次郎と話し込んでいるのを若狭屋の者に見つからないか、気にしているようだった。

「ああ、悪い。ご亭主によろしくな」

甲次郎は、手を振って、もういいぞ、とおまつを帰らせてやった。

知りたかったことは、十分に得られた。

一瞬、相手が古参の女中だということを思いだし、自分がこの家に連れてこられたときのことを聞こうかとも思ったが、甲次郎は言葉を呑《の》んだ。

尋ねれば、何か、おまつは話すかもしれない。

だが、華奢《きゃしゃ》な細工物の懐剣だけを形見に遺した女のことを、このおしゃべりな女中の口から、道ばたで聞きだしたいとは思わなかったのだ。

ほならすんまへんなあ、と、おまつは会釈して、甲次郎の脇を通り過ぎようとした。

そこで、しかし、ふと思い出したように、おまつはさらに小声で付け足した。

「その野上銅山、確か、今、また、開山になってるはずです」

「なんだって」

「酒井様のお勝手向きが、どうにも苦しゅうなって、それで、やっぱり銅山しかない、ていうことで。今度は悪水の始末もきちんとするから、いうことで、ちゃんとご公儀のお許しも出たそうです。そやけど、在方の者は、やっぱり、怒ってますわ。そんなん口ばっかりに決まってる、ようやく落ち着いてきた川も土も、これでみな、元の木阿弥《もくあみ》や、て」

二

翌朝、勝手口から店を出る際、甲次郎は手代の音助に、どこに行くつもりかと訊《き》かれた。

野暮用でな、と笑ってごまかせば、今までならば眉をひそめる程度だった音助が、今朝は、真顔で、

「あまりこのような時に出歩かはるのは、いかがなもんかと」

意見してきたため、甲次郎は、腹が立って、若旦那に説教するんじゃねえよ、と言い捨てて店を出てきた。

その後、すぐに、自分で苦笑いをする。

若旦那などと言えるほどに、甲次郎は若狭屋の商いを知らない。

家付き娘の信乃は、蘭方《らんぽう》医学とやらのおかげで、徐々に一人前の娘の体になり

つつあるし、互いの年齢を考えれば、すぐに祝言をと言われてもおかしくはないのだが、そうはいっても、こんな跡取り夫婦では、まわりが苦労するだろう。

放蕩者《ほうとうもの》の若旦那に、世間知らずで琴を弾くくらいしか一人前にはできないご寮さんだ。むろん、家付き娘であるから、体が弱いとはいえ、商いのこともある程度は知っていようが、それでも、まだしも千佐の方が、しっかりと店を切り盛りしそうだ――と、そこまで考えて、甲次郎は、首を振った。

今は、そんなことよりも、目を向けなければならないことがある。

丹羽祥吾に聞いたところによれば、殺された小浜の百姓佐七が滞在していたのは、農人町《のうにんまち》の公事宿、浅野屋だった。

農人町は、名の通り、大坂の町が開かれ始めた頃には、まだ百姓のすみかだったと言われる町だが、今はむろんのこと、町家が並び立ち、その名の面影はない。

ただ、心斎橋筋から右に折れ、東横堀川を農人橋で渡れば、そのあたりには、万石通《まんごくどおし》や竜骨車《りゅうこつしゃ》など、農具を扱う商家が今も並んでいるのが、唯一、当時の名残だった。

公事宿の類は、普通、訴訟沙汰に便利なように、東西の奉行所の近くにあるものだが、浅野屋は、やや不便な場所にある。

大坂の奉行所は、東町奉行所が、大坂城の京橋口にほど近い場所にあり、西町奉行所はもう少し町のなか、東横堀に沿った、本町橋の近くにあるからだ。

しかしながら、農人町には大坂の町政をまとめる三つの会所のうち、南組の惣《そう》会所《かいしょ》があった。大坂の町は、北組、南組、天満組に分けられ、それぞれに会所があり、複数の惣年寄が置かれているのだが、むろんのこと、奉行所とのつながりは深い。

訴訟沙汰も、この時代、多くのものが、奉行所に訴えを出した後でも、「惣年寄のあつかいにて内済《ないさい》せよ」と命じられ、会所で処理されることになる。惣会所には、訴訟の扱いに長《た》けたものが揃《そろ》っており、公事の類とまったく無縁の場所とも言い難かった。

浅野屋は、御宿と小さな看板をあげただけの、こぢんまりとした宿だった。

甲次郎がたどりついた頃合いに、ちょうど出立する一行があったようで、あたりはざわついていた。

百姓らしき四、五人の一行で、あれが小浜の者であれば好都合だと思ったのだが、店の者と話すのを聞く限りでは、播磨《はりま》に帰る一行のようだった。

「どうぞ道中お気をつけて」

腰を折って店の男が一行を見送るのを、甲次郎は黙ってみていたが、男が暖簾《のれん》の向こうに引っ込もうとするところで、おい、と声をかけた。

「へえ、なんでっしゃろ」

にこやかな顔で、男は甲次郎に向き直った。

ちょっと聞きたいことがあるんだが、と声を低め、

「この宿で、しばらく前に、首くくりがあったそうじゃねえか」

「首くくり？　そらまた物騒なことで」

男は大袈裟に、眉をひそめた。

「そやけど、それは、うちのこととは違いますわ。滅相もないこと、言わんといておくれやす」

「いや、確かにこの宿のはずだ。小浜の百姓で佐七って男が、ここで首をくくって死んだ。その後、小浜の侍連中が、金を持って口止めにきた」

「はて。いったい、何のことやら、あたしにはさっぱり」

男は笑顔のまま首をかしげた。

白髪交じりの男だが、公事宿に長年つとめてきた身であれば、多少の揺さぶり

にはびくともしない根性を持ち合わせているようだ。

「東町の丹羽って同心がお調べにきただろう」

しかし、祥吾の名を出してみると、宿の男は、さすがに表情を揺らした。

「おれはそいつの手伝いをしてるんでね。怪しい者じゃねえ」

「けど、いつも丹羽様とご一緒のお手先衆は、別の御方やったかと」

「丹羽祥吾の友達だって言ってんだ、信用できねえのか」

「そない言われても」

男は体勢を立て直し、頑固に首を振った。

「自分で友達や、て言うてきた御方を信用してたら、丹羽様にも怒られてしまいますわ。それに、小浜のお話や、て判ってはるんやったら、そちらの蔵屋敷にでも行かれたらどないです？　そのほうが、早いんと違いますやろか」

「早い話よりも、裏話の方に興味があるんでね。悪いが、なかでゆっくり、話、させてもらうぜ」

「ちょっと待っておくれやす。困りますわ」

男は慌てて、甲次郎の前に立ちふさがった。

「なかには、まだ、お客さんがいてはりますんや。うちの宿と関わりのない御方に入っていただくわけにいきまへん」

強情者め、と甲次郎は舌打ちをした。

懐には金をくるんだ紙包みを用意してはいるが、それを握らせて素直に喋る男とも思えない。

さてどうするか、と甲次郎は思案しながら、なんとなしに往来を見た。

見覚えのある顔が、目の端をかすめたのは、そのときだった。

商家の手代風の男が、数軒先の蕎麦屋から出てきたのだ。

一度会ったきりだが、甲次郎は、その顔を忘れてはいなかった。

若狭屋に五十両の大金を持って脅しに来た、泉屋の手代だ。確か、清太郎とかいった。

手甲脚絆《てっこうきゃはん》で杖を手にした旅姿の女をひとり、連れていた。

女は、清太郎と連れだって店を出るのをためらっている風に見えたが、結局、浅野屋とは逆の方に歩き出した。

「おや、あれは」

宿の男が、わざとらしい声をあげた。

「さっき、うちに来た女ですなあ。そういえば、あんたはんと同じく、小浜がどうこうて言うてた。ま、うちとは関係ない話ですけど」

　ちらりと甲次郎を見ながら、男は言った。

「どうこう、って、何を言ったんだ」

「うちの宿とはまったく関わりあいはあらしまへん話ですけど。それでも、なんでもかんでもぺらぺら喋ってええもんかどうか……」

「判ったよ」

　袖の下でちらちらと手を動かす男のしたたかさに呆《あき》れながら、甲次郎は、金の包みを二つばかり、男に渡した。

「こらどうも。すんまへんな。……で、あの女でっけど、小浜から来た佐七と良《よし》蔵《ぞう》がここに泊まってたはずや、て言うんですわ。けど、うちには、そんな客は来てまへん。そやさかい、宿を間違えたんと違いますか、いうて、押し問答になったんですわ。ほしたら、さっきの手代はんが、うまい具合にやってきて、あの女に声かけて、そのまま、連れていってくれましたんや」

「なるほどな」

　喋っている間にも、清太郎と旅姿の女は、どんどん遠ざかっていく。

「悪い、邪魔したな」

甲次郎は、宿の男にそう言うと、慌てて、二人の後を追った。

清太郎と女は、東横堀川を久宝寺橋で渡ると、そのまま、南久宝寺町へと歩いていった。

清太郎が女をうながして招き入れたのは、内から三味線の音が聞こえる仕舞屋《しもたや》だった。

板塀の向こうには綺麗に刈り込まれた松の枝が見え、住人の懐の豊かさが窺《うかが》われる二階建ての家だ。

そういえば南久宝寺町に泉屋の妾《めかけ》がいるんだったな、と甲次郎は思い出した。その妾が若狭屋の得意客で、手代の一人が注文の品を届けに行った際、そこで清太郎と会っていた。清太郎の素性を甲次郎が知ったのは、そのためである。

妾宅《しょうたく》に、旅の女を連れ込んで、どうするつもりなのか。

泉屋のあらたな妾として住まわせるつもりだとは思えなかった。

遠目から見た限りでは、女は、大年増とさえ呼ばれなくなったであろう年齢に見えた。

日に焼けた肌や、杖は持ちながらもしっかりと歩を刻む足腰は、日頃から外で働いて暮らしている女のものと思われ、豪商の妾におさまってのんびりと遊び暮らす類の女とは、種類が違う。

おまけに、清太郎に連れられて歩いている間も、通りの両側に並ぶ店の華やかさを見ては驚き、行き交う町人の足並みの速さに息をのみ、ときには人にぶつかりそうになりながら、ただおろおろとしており、一言で言えば、あか抜けない在方の女が、初めて大坂の町に出て困惑している、という体だった。

そんな女を、清太郎が泉屋ゆかりの妾宅に引き込んだ。

自分も乗り込んだほうがいいだろうか、と、甲次郎は思案した。

女は、殺された佐七を捜していたという。

風体から考えて、十中八九、小浜からきた百姓女だろう。

あるいは、佐七の縁者かもしれない。

最悪の場合、女も佐七と同じ目にあうのではないか、との懸念が、甲次郎にはあった。

佐七を殺したのが、酒井家か泉屋の息のかかった者であることは間違いあるまい。

佐七はあの伝書鳩を手に入れようとした。

だから、命を奪われた。

板塀にもたれ、甲次郎は、耳を澄ました。

何か、少しでも、悲鳴めいた声や、人の暴れる気配などがあれば、すぐにも門の内に飛び込むつもりだった。

息を殺して中の様子を窺う甲次郎の頭には、昨夜、おまつに聞いた話が思い浮かんでいた。

小浜の酒井家は、かつて鉱害で領民を苦しませた銅山を、今、再び開山しているという。

そんな状況下にあって、小浜の百姓が大坂にやってきている。

鉱害をまき散らす銅山をなんとかしてくれと、訴えに来たのではないかと甲次郎は思っていた。

とすれば、訴え出る先は大坂町奉行所か、あるいは、泉屋と直接話をつけようと考えているか、どちらかだろう。

後者の可能性が高い気がした。

大坂町奉行所に訴状を提出する手もないではないが、この時代、藩領での訴訟沙汰は、基本的には江戸の評定所に訴え出なければ、とりあげてはもらえない。

しかも、百姓の身分で領主のやることに異議を唱えようとすれば、それは、命がけだ。

商人相手にならと考えて百姓の代表者が大坂に出てきた、と考えるのが自然だと思えた。

（佐七が、そのために公事宿に泊まり込んでいたのだとしたら）

泉屋と話をする一方で、酒井家の動きが気になって蔵屋敷のまわりをうろついていたのも納得ができるし、伝書鳩を射落とした行動も理解できるのだ。

（——待てよ）

そこで、甲次郎は、ふと、あることに気づいた。

さっき、公事宿の男は、女がやってきて佐七と良蔵という百姓のことを聞いた、と甲次郎に言った。

佐七はともかくとして、良蔵という名を、甲次郎は、今まで耳にしたことがなかった。

その男も、小浜の百姓だとしたら、今、どこにいるのだろう。

公事宿には、すでにいないと考えてよい。

佐七が死んだとき、もしも同じく小浜の百姓がまだ公事宿にいたなら、祥吾が探索に出向いた折りに、気づいていたはずだ。むろん、その男からいろいろと聞き出すこともできただろう。

だが、そのときには、すでに、良蔵も宿にはいなかったのだ。

佐七よりも先に、その男も殺されていたのか、そうでなければ、身の危険を感じて、どこかに隠れたか、だ。

そんなことを考えながら、甲次郎は、半刻《とき》ばかりを待った。

中から聞こえていた三味線の音は止み、日はすでに中天をまわっている。

腹がすいたな、と甲次郎は舌打ちした。

家の中からは、案じていたような物騒な気配は伝わってこない。

このまずっと、ただ待っているのも芸がない気がした。

あるいは、清太郎は、女をこの家に閉じこめておく気なのかもしれない。先ほどのように公事宿あたりをうろうろされるよりは、目の届くところに置いたほうがいいと判断してのことなのだとしたら、ここでいつまでもぼんやりしていても、しょうがない。

いっそのこと、厄介になるのを承知で、堂々と訪《おとな》いを入れてみようか——甲次郎がそう思い始めたときだった。

塀の中で、引き戸の開く音がした。

同時に、聞こえてきたのは、女の声だった。

「けど、なら、うちのひとはどこにいるんです。大坂に出て、泉屋さんと話をする、蔵屋敷の島崎様にも会《お》うてもらう、そう言って、村を発ったのに、それやのに、もう一カ月も、一通の文もないやて、おかしいんです。泊まってるはずの宿にもおらへんやて、そんな阿呆なことが……」

「そやから、泉屋はんは何も知らんて、何度も言わはりましたやろ。本当にしつこいなあ。ええ加減にしてもらわんと、うちも困るわ」

すがるように問いかけているのがさっきの旅の女で、相手になっているのは、清太郎ではなく、別の女だった。おそらくは、この家の住人、泉屋の妾だろう。

妾は高飛車に続けた。

「お光《みつ》はんて言わはりましたな。これ以上しつこうしはると、それはもう、ゆすりたかりと同じこと。そしたら、こっちもお役人さま、呼ばなしょうないし、それはお互い、困りますやろ。大坂のお役所で牢屋にでも入れられたら、お光はん、それこそ、いつになったら野上に戻れるか判らしまへんで。こっちのお役人さまは、小浜の方ほど優しゅうしてくれはりまへんし」

続いて、ぴしゃりと戸を閉める音がした。

待ってください、お英《えい》さん、と、幾度か繰り返す声がしたが、戸の開く音は、二度と聞こえなかった。

甲次郎は、門から数間離れ、お光と呼ばれた女が出てくるのを待った。

やがて、お光は、入っていったときと同様に杖を手にし、手甲で涙を拭うようにしながら、通りに姿を現した。

すぐに声をかけたかったが、それでは、妾宅の中の者に気づかれる懸念がある。

甲次郎は、肩を落として歩き出すお光が、泉屋の妾宅から二軒先を曲がり、東横堀川の見える場所まで戻ってくるまで、黙ってつけて歩いた。

「お光さん」

久宝寺橋の欄干に手をかけ、途方に暮れた様子でお光が吐息をついたところで、おもむろに甲次郎は声をかけた。

お光ははっとしたように振り向いたが、そこに見知らぬ男が立っているのを見ると、怪訝そうに眉をひそめた。

「あんた、お光さんなんだろう?」

「そうですけど……どなたさんです?」

お光は、右手の杖を胸元に引きよせ、一歩後ろに下がって、言った。表情にも警戒があらわだ。

だが、甲次郎は構わず、

「ああ、やっぱり」

目尻を下げて笑みを浮かべ、出来る限り柔らかな声音《こわね》で言った。

「今朝、浅野屋って公事宿に来てただろ？　そのときから、気になってたんだ。佐七と良蔵と一緒に飲んだとき、お光って名前聞いてたからな。あそこで声をかけようかと思ったんだが、もたもたしてるうちに見失ってね。ここで会えてよかった――」

嘘《うそ》八百をならべたてる甲次郎の言葉が終わるか終わらないかのうちに、お光が甲次郎に駆け寄り、杖を持たぬほうの手でその袖をつかむと、言った。

「うちのひとを――佐七をご存知なんですね？　いったい、あのひと、どこにいるんです？」

三

甲次郎がお光を連れて行ったのは、若狭屋にほど近い、蕎麦屋だった。この間、祥吾と話をした店である。

店の女将は、男連れで来たと思ったら次は旅の年増女か、と、呆れた顔をしたが、金払いの良い常連客のことゆえ、何も言わず、二階にあげてくれた。

しかし、もう妙なことは困ります、と念を押したのは、この間のときは、血まみれの音助が転がり込んできたからに違いなく、それを思い出すと、さすがに甲次郎の顔も曇った。

同時に、どうして音助がこの店を知っていたのか、と改めて不思議に思ったが、今は、どうでもいいことだった。

お光から話を聞き出すために、他の場所を探すのも面倒だったし、何より、泉屋の目のありそうなところからは、早く離れたかったのだ。

久宝寺町界隈《かいわい》で話し込んでいれば、さっきの妾宅の女が、ふらりと通りかからないとも限らない。清太郎も、まだ、あの妾宅にいるはずで、気は抜けない。

お光は、蕎麦屋の二階が、普段は何のために使われる場所なのか、まるで察していないようだった。

単に食事処に連れてきたのだろうとしか思っていない口調で、「蕎麦ならさっき、泉屋の手代さんにごちそうになりましたから」と言った。

「ああ、そういや、そうだったな」

ぽろりと言ってしまってから、甲次郎は慌てた。

お光が清太郎と蕎麦屋にいた時からずっと見ていたのだと、白状してしまったことになる。

案の定、お光は、え、と訝《いぶか》りの目を甲次郎に向けた。

甲次郎は構わず、茶だけ持って注文をとりにきた女中に、自分のぶんだけ蕎麦を頼み、持ってきた後には、しばらく上にはあがってくるな、と言いつけ、銭を握らせて追い返した。

やはりその手のお楽しみか、と言わんばかりの目で笑って降りていった顔が気にくわなかったが、しょうがない。

さて、と、お光に向き直り、

「佐七の女房だ、って言ったよな、あんた」

「そうですけど、そちらさんは……」

お光の声音に、警戒の念が戻ってきている。

「さっきも言ったが、若狭屋って呉服屋の者だ。店の名の通り、うちの主人が若狭は小浜の出でね。そっちの在方に縁がないわけでもないんで、佐七とも話をしたことがある」

「いつ頃のことですか」

「七日ほど前だな」

「それで、佐七は今、どこにいるんです」

お光は身を乗り出した。

とにかくそれだけは、聞き出したくてたまらないらしい。

「それは、おれも知らん。探していたところだ」

口にしたとたん、お光の顔に失望があらわになった。

（たまらねえな）

甲次郎はやりきれない思いで目をそらした。

佐七はすでに殺されている。

だが、お光の様子を見る限りでは、公事宿の男も、泉屋の清太郎も、それをお光には告げていないようだった。

告げて騒がれるのをはばかったのか、何らかの意図があってのことか、それは判らないが、甲次郎にも、面と向かって、お光に亭主の死を告げることはできなかった。

佐七のことがただただ心配なのだ、と、何も知らずにお光は言った。

「うちのひとも、兄さんも、大坂に着いたときに知らせをくれただけで、それきり、音沙汰なしなんです。村の人たちも心配していて、だけど、そう簡単に村は離れられませんから、私がこうやって」

女一人で、小浜からやってきたのだと、お光は言った。

それにはさすがに甲次郎も感心した。

小浜から大坂に出るとなると、熊川宿から朽木《くつき》の峠を越え、いわゆる鯖街道と呼ばれる道を通るのが普通だ。

京都に出るまで、二日はかかり、女の足なら、そこでもう一泊して、大坂にたどりつくのは、出立してから三日目にやっと、だろう。

それだけ苦労してたどりついた町で真実を知らされたとき、お光は、どれほど絶望することか。

向かい合って話をしていると、お光は、初めに思っていたよりは、まだ若い女房のようだった。

町の女と違い、日に焼け、化粧気もないから、一見、年をとって見えるだけで、佐七との間にも、まだ子供はおらず、舅姑も嫁の手がなくても暮らせるほどにしっかりとしていて、それで、お光は家をあけて亭主を捜しに来ることもできたのだという。

良蔵は実の兄だとお光は言った。

お光の家は、代々、野上村の庄屋をつとめる家で、良蔵は、次期庄屋にと決められていた男だった。

お光が嫁いだ佐七の家は、村では年寄格の家で、佐七も、やがては家を継ぐことになっている。

そんな二人が村を発ったのは、実に一月前のことで、必ず文を書くと村の者にも約束しての出立だったにもかかわらず、その後、まるで、音沙汰がない。

そうか、と甲次郎はうなずき、

「で、佐七が大坂に出てきたのは、やっぱり、奉行所に訴え出ようと思ってのことか？　それとも、泉屋と話をするためか？」

思い切って、かまをかけてみた。

お光は、あらためて、甲次郎をうかがうように見た。

「甲次郎さん、確か、呉服屋の若旦那やて言わはりましたけど、佐七はどこまで、村のことをお話したんでしょうか？　訴えごととか、泉屋さんのこととか、そんなことまで……？」

「直接聞いたわけじゃねえ」

　あまり嘘を重ねてもまずかろうと、甲次郎は首を振った。

「ただ、実は、うちの若狭屋も、つまんねえことから酒井家がらみのごたごたに巻き込まれちまってな。そこに、どうも、小浜の百姓と、泉屋が関わってるらしい。佐七とおれが会ったのも、そのあたりでの偶然だったんだ。それきり、行方が知れなくなったから、気になっててな。物騒な話になるが、うちの店の番頭が一人、酒井家家中の侍に殺されてるんでね」

「殺された……」

　見る間にお光の顔が青ざめ、甲次郎は、目をそらしながら、続けた。

「それで、放ってはおけなくてな。佐七は事件と関わりがあるようだし、そもそもの根っこは、小浜の村方の事情、つまるところ、泉屋と酒井家の銅山開発に関わってるんじゃねえかとおれは思ってる。そのあたりの詳しい話を、調べてる途中なんだ」

「それで、野上銅山のことまで、ご存知なんですか」

　お光は深くうなずいた。

「仰《おっしゃ》るとおり、兄と佐七は、野上銅山の悪水のことで、村を代表して泉屋さんと直接話をすると言って、村を出ました。このまま放っておいたら、一度は立ち直りかけた田畑も荒れ果てるし、川の魚も死に絶えてしまう、それをちゃんと話したら、泉屋さんも判ってくれるはずや、て言うて。本来なら、庄屋である父や、年寄役をつとめる舅が出向くべきところですけど、歳も歳やから、代わりに兄と佐七が行くことになったんです」

「やっぱりそうか。で、その野上銅山、ってのは、一度、閉山になってたんだろう？　そのあと、田畑も川も、一度は綺麗になってたのか？」

「ええ。私らの曾祖父の代に、あまりにも悪水がひどくなって、これでは村の者の暮らしが成り立たないと、お殿様に訴え出たんです。お殿様は、それを聞き届けてくださって、山は閉山になりました。それから、私らは、城下に出て慣れない職人仕事で子供を育てながら、一方で、いつか村に戻って百姓をやり直そう、と、田んぼの土は何度も入れ替え、川の砂さらえもしました。そして、やっと――ようやっと、もとの通りになりかけていたんです。それを、今のお殿様と泉屋さんが、またかちゃくちゃにしてしまって」

酒井家の領内には、他にもいくつかの銅山があるのだとお光は袖を握りしめながら言った。

野上銅山が閉山になってから、二代、藩主が変わったが、その間、藩は、他所《よそ》の銅山だけで財政を支え、あえて野上銅山を動かそうとはしなかった。

事情が変わったのは、藩主が今の当主、酒井忠邦《ただくに》に変わってからだという。

忠邦は、子供の頃から暴れ者で、江戸屋敷にいた頃は、下屋敷の中間部屋で博奕《ばくち》にまで興じていたなど、悪童ぶりが領内にまで伝わってくる男だったが、まだ十七歳で先代を亡くし、当主の地位についてからは、素行もかなり落ち着いた。

小浜入りした当初は、城下の往来を馬で走り回ったり、お気に入りの側近だけ連れて町の料亭に芸者を集めて騒いだりと、多少、羽目をはずすこともあったが、さすがにそれも数年でなくなった。

「阿呆なだけの殿さんとは違《ちご》うたんや、て、一度は領内の者も喜びました」

庄屋をつとめるお光の父親も、近隣の村役人たちと、これで少しは領内の治世も落ち着くだろうと安堵《あんど》していたという。

だが、数年前、今度は別の、厄介事がもちあがった。

忠邦が、幕閣での出世を狙い始めたとの噂《うわさ》が、村方にまで流れてきたのである。

「側近の誰かに入れ知恵されたんやとか、酒井家のご先祖様の事績を知って一念発起されたらしいとか、下々《しもじも》ではいろんな噂が飛び交いました」

何が本当のきっかけだったのかは判らないが、いずれにしろ、噂は真実だった。

酒井家は名門の血筋であり、自分も望めば老中職にも手が届く。

そうと知った忠邦は、権力を欲し始めた。

「父や、村の者たちも、初めは、それはそれでええやないか、て言ってました」

藩主が老中となり力を持てば、領内も安定するに違いないと思ったからだった。

政治に関心を抱く藩主ならば、自分の領地の治世も立派に成し遂げてくれるだろうと期待を抱く者も多かった。

「けど、それが、大きな間違いやったんです」

確かに酒井家は名門で、血筋としては問題がない。

だが、それでも、老中となるには、相応の出世の道筋というものがある。

そして、出世の階段をひとつ上がるには、それだけ、金が必要になるのだ。

幕閣への付け届けはもちろんのこと、普段から、名家にふさわしい振る舞いをせねばならず、自然、参勤交代の折にも、何かと費用をかけることになる。

江戸藩邸では、競争相手となりそうな大名衆の動向にも気を配らねばならず、その情報収集にも、まず先立つものが必要だ。

なるほどな、と甲次郎はうなずいた。

だから、酒井家では、なりふり構わず、金を作りたいのだ。いったんは閉山となった銅山を再稼行し、百姓たちを苦しめてでも、金が必要なのだ。

「今、酒井忠邦は、確か、奏者番兼寺社奉行、だったな」

「へえ」

それがどんなお役目なのか私には判りませんけど、とお光は口ごもりながら付け足した。

「それだけでも、ご立派なことやないかと、私らは思ってました」

「そりゃあ、まあ、な……」

勘定奉行、町奉行とならび称されることも多い役職だが、町奉行が旗本の役職であるのに対し、寺社奉行の席につくのは、ほとんどが譜代大名だ。

そして、望めば、そこからさらに、出世できる場所だった。

「寺社奉行なら、次は大坂城代か、京都所司代か……」

ともに、譜代大名にとって栄誉となる役職であり、そして、そのどちらかを経験すれば、次は老中というのが、この時代、ひとつの決まった出世の階段だ。

「村でも、その話は聞きました。父や舅も、今は銅山のことで、お殿様のご意向には気をつけてますから、城下のお役人と親しくしていて、いろんな話を集めてくるんです」

村方といえど、城下の動向を知らなくては、年貢の増減や夫役《ぶやく》の交渉で、上手《うま》く立ち回ることはできない。

「舅が言ってました。殿様はお江戸育ちやから、できれば上方の役職は避けて、寺社奉行から、そのまま老中に、とお考えなんと違うか、て。そやから、余計に、お金がいるんや、て」

江戸生まれ、江戸育ちの忠邦にとって、大坂城代も、京都所司代も、単なる遠国の役に過ぎず、特に魅力のある役職ではなかった。

それよりも、一刻も早く幕閣に名を連ねたい。

（そのためなら、領民の苦しみなど顧みない、というわけか）

たいした暗君だと甲次郎は呆れた。

（しかし、それにしても）

甲次郎は、改めて感心してお光を見直した。

小浜から大坂にたどりついたばかりだからでもあろうが、埃《ほこり》にまみれた女の姿は、どう見ても、ただの、一介の在方の女房である。

しかし、領主の出世がどうこうと、そんなことまで、この女は知っている。

庄屋の娘であり、将来の年寄役の女房だというが、近頃の百姓はたくましいものだと甲次郎は感嘆した。

これならば、酒井家家中の者が、佐七や良蔵が大坂に来て何をしでかすか、びくついていても当然だ。

多少強引な手を使ってでも動きを封じなければ、下手《へた》をしたら、このまま江戸に行って、今の老中に駕籠《かご》訴《そ》でも何でもやりかねない。

佐七が大坂に出てきたのは、ひとつには泉屋と話をするため、もうひとつは、蔵屋敷にいる勘定方の役人に会うためだ、とお光は言った。

「銅山のことについて取り仕切っている勘定方の島崎与八郎ていうお役人は、泉屋とのやりとりのため、たいていは大坂の蔵屋敷にいるんです。その御方と直接話をするため、佐七と良蔵は野上村を発ちました。けど……」

それから一ヵ月も経つのに二人からは文の一通も届かない、と言ったお光の目に、涙がにじんだ。

「何かあったに違いない、と思いました。勘定方の島崎さまは、厳しい御方やて噂もあったし、蔵屋敷に直訴やて無茶やって、村でも、止める者もいたんです。けれど、うちのひと、絶対にこのまま黙ってたらあかん、て言って、反対を押し切って村を出たから」

何の連絡も来ないことに対して、そら見たことか、と冷ややかな目を向ける者も村にはいた。

島崎に始末されたのでは、とまでささやく者もいた。

甲次郎は、再び、お光から目を背けた。

目の前のお光の姿と、葬列の向こうに見た利兵衛の女房の姿が重なる。いずれ、真実を知れば、お光も、あの喪服の女房と同じ顔で泣くことになるのだ。

「でも、うちのひとは、やると言ったからには、いい加減なことはしないひとです。きっと、何か、困ったことがあって、文が書けずにいるんや、そう思ったから、こうやって、一人で出てきたんです。だから、佐七を見つけるまでは、帰れないんです」

そうか、と甲次郎はうなずいた。

何か言ってやりたかったが、ふさわしい言葉を見つけることができなかった。

四

甲次郎は、お光をしばらくこのまま店に泊まらせてくれるよう、蕎麦屋の女将に頼んだ。

泊まる宿はまだ決めていないというし、一人で町をふらふら歩かせて、酒井家の者にでも見つかってはまずい。

泉屋のほうは、妾宅から邪険に追い払ったくらいだから、すぐにお光をどうこうする気はないと見ていいだろうが、酒井家は、そうとは限らない。

佐七のことも容赦なく殺害した連中だ。その身内が小浜から出てきたとなったら、厄介になる前に口を封じようと考えても不思議はない。

だからといって若狭屋にかくまうことはできそうになかった。考えただけで、養父や奉公人たちの渋い顔が目に浮かぶ。

むろん、蕎麦屋の女将は、さすがにすぐに承諾はしなかった。

甲次郎はなじみ客だが、得体のしれない旅の百姓女を、泊めてやるほどの義理はない。

しかも、女将は、この間、音助が飛び込んできたことで、甲次郎が何やら厄介事に首をつっこんでいるらしいと察している。

困りますわ、旦那、と繰り返し、多少の金ではうなずきそうもないため、甲次郎は仕方なく、脅しまがいの言葉を口にした。

「この間、奉行所の役人を連れてきただろう。あいつからの頼みで、探索の手伝いをしてるんだ。その関わりの女だ。つべこべ言わずに、かくまってやれ。でないと、役人の覚えも悪くなるぞ。そうなったら、この手の商売は困るだろう」

「そう言われたら、どないしょうもありまへんけど」

不承不承といった体で、女将は肩をすくめた。

「悪いな。この件が片づいたら、毎日通うからよ」

「旦那に通うてもろても、どないもならしません」

それでも、女将は、甲次郎の愛想のいい笑顔と、渡されたいくらかの銀で、多少は気をよくしたようだった。

お光には、ともかくしばらくはこの店から出るな、と甲次郎はいいきかせた。

「佐七のことは、おれが調べる。町奉行所の役人にも知り合いがいて、こういうことは、慣れてるからな」

「でも……」

まだ不安そうなお光に、甲次郎は言った。

「大丈夫だ。おれは毎日来るってわけにはいかねえが、何か困ることがあったら、ここの女将に言えば何とかなるようにしておく。それに……」

わずかに逡巡《しゅんじゅん》したあと、甲次郎はつけたした。

「知り合いの女にも、ときどき、様子を見に来させるから」

思い浮かべていたのは、千佐の顔だった。

千佐なら事情を話せば手を貸してくれるだろう、と考えたのだが、次の瞬間、千佐をこの店に来させるのはまずいと思い出した。

千佐は、この店が、二階でどういう客をとっている店か、知っている。ここに甲次郎が女を泊まらせているとなれば、妙な勘ぐりをするかもしれない。

しかし、そんなことを構ってもいられなかった。

（第一、あれはもう、昔のことだ）

千佐自身も、そう思っているに違いない。

外に出ると、さて、と甲次郎は思案した。

すでに辺りは薄暗い。

お光という大きな手がかりも得たことだし、今日のところは若狭屋に戻り、それこそ、千佐と話でもするのもいい。

だが、そうするには、少しばかり、時がもったいないような気がした。

今からなら、まだ、東町の役所にまで足を伸ばせる。

祥吾を誘い、あれから何か判ったか、話を聞きたかった。

こちらはこちらで、野上銅山という手がかりにたどりついたが、祥吾も祥吾で探索を続けているはずだ。

それに、久しぶりに酒でも飲むのもいい。勤めを終えた夜ならば、堅物の祥吾も、飲まぬとは言わないはずだ。

役所までなら、この時刻でもなんとか、提灯なしで行き着けるだろう。

甲次郎は、もう一度東横堀川を渡り、谷町筋も越えて、急ぎ足で歩いた。

異変に気づいたのは、大坂城も間近に見える京橋口の定番《じょうばん》屋敷あたりまで来たときだった。

数人の気配が、背後にある。

あきらかに、自分をつけているのが判った。

うかつだったな、と甲次郎は舌打ちした。

東町奉行所は、大坂城の京橋口、筋違《すじかい》門のすぐ脇にある。

西町奉行所が、豊後町という町人地の真ん中にあるのと違い、武家屋敷地のなかにあるため、あたりには、あまり人通りがないのだ。

今も、甲次郎と背後の気配以外闇の落ち始めた往来に、誰も通る者はなかった。

まずいのは、それればかりではない。

この界隈は、武家屋敷の長い塀が続き、身を隠す場所も、逃げ込む路地すら、ほとんどない。身につけている武器も、先日養父から渡された古い懐剣だけだった。

失敗だった、と甲次郎は悔やんだ。

祥吾と話をするなら、天満の役宅に行くべきだった。

血の気の多い侍連中に目をつけられていると知りながら、一人で人通りのない道を歩いたのでは、襲ってくれというようなものだ。

甲次郎は、気配に気づいたことを悟られぬよう、なんとか厄介事を避ける方法を考えたが、むろん、そんなものがあるはずもない。

（しかたがねえな）
腹をくった。
その瞬間、背後の気配が動いた。
足音を隠す様子もなく、大股で走り寄ってくるのが判り、甲次郎も動いた。
武家屋敷の塀を背に、まずは四方を囲まれるのを防いだ。
相手は三人だった。
三人とも、すでに抜刀している。
笠もかぶらず、顔をさらしていた。
そのうちの一人は、酒井家蔵屋敷の門前でもめた際に顔を見た、若いつり目の男だ。
（素性を隠すつもりなんざ、まるでねえわけだ）
甲次郎を取り逃がす可能性など考えていないのかもしれない。
「おいおい、町中で、物騒なお侍だな。おれに何か用なのか」
懐手で身構えながら、それでも、甲次郎は、口元に笑みを浮かべて挑発気味に言った。
返事はなく、まずはつり目の男が、声をあげて上段から斬りかかってきた。

「また、お前さんか」

甲次郎は嗤《わら》った。

たいした腕の持ち主ではないと、あのときに見切っていた相手だった。蔵屋敷前で会った侍の中で、警戒すべきだと思ったのは中年の侍、ただ一人で、その男は、今はいなかった。

甲次郎は、懐から懐剣を取り出すと同時に、抜きはなった鞘を、男の顔面に投げつけた。

うっ、と声をあげて怯《ひる》んだ隙《すき》をつき、男の間合いに入り込み、腕をねじり上げる。

同時に膝でみぞおちを蹴り上げ、力が緩んだ隙に、左手で、男の手から刀を奪い取った。

「野郎っ」

同時に、背後から斬りつけてきた気配に、右手の懐剣を投げつけた。

ちっ、と舌打ちして、背後の男は刀で懐剣を払う。軽い音とともに地面に落ちたそれを、男はさらに、忌々《いまいま》しげに遠くに蹴りやった。

甲次郎はそれを横目にしながら、まずは刀を奪った男にもう一度蹴りを食らわせ、地面にうずくまらせた。

それから、一歩飛び退《の》いて、奪い取った刀を構える。

侍二人は、その構えに驚いたようだった。

いきがっていても所詮は町人、とたかをくっていた表情に、わずかな焦《あせ》りが浮かぶ。

「どうした？　刀を使えるのは武士だけだと思ってたのか？」

甲次郎は目を細めて二人を見返しながら言った。

もっともおれも武士なんだがな——と苦笑を浮かべかけた表情を、自ら飲み込んで、目の前の敵をにらんだ。

利兵衛を殺したのもこいつらなのではないか、との思いが胸に浮かび、あらためて怒りが湧いたのだ。

利兵衛だけではない、佐七もそうだ。

（仇をとってやる）

目の前の男二人を屠《ほふ》り、利兵衛と佐七の供養にしてやると甲次郎は思った。

だが、実際には、甲次郎は人を傷つけたことはあっても、命を奪ったことはなかった。

ぐれて放蕩生活を送っていた間にも、喧嘩沙汰は日常茶飯事だったが、人を殺したことはなかった。

それだけは越えてはならない一線だと、どこかに自分を止める声があった。第一、人殺しをしていたなら、どんなに懐かしくなっても、若狭屋に戻ることはできなかっただろうと思う。

厳格だが真っ正直な商人である養父と、実子でもない自分を慈《いつく》しんで育ててくれた物静かな養母に、人殺しの倅《せがれ》だけは、あってはならない存在に思えた。

「町人ふぜいが」

先ほど背後から来た男が、もう一度、斬りつけてきた。

甲次郎は身を退《ひ》いてかわし、男の脇腹を薙《な》いだ。

かわされ、かすっただけで、男は倒れなかったが、傷は負わせたようで、刀を構えなおす男の姿勢がぐらついた。

（あと一人）

まだ無傷でいる最後の一人に一太刀浴びせ、それで、まずは逃げることを甲次郎は考えた。

冷静に考えて、今はそれが上策だ。

誰かにこの場を見られ、役人でも呼ばれたら、下手をすれば、甲次郎のほうが罰せられる。町中で侍相手に斬り合いをするなど、町人ふぜいには許されないことなのだ。

（仇はとってやれねえが）

そのぶん、酒井家の隠そうとしている悪事を暴き、本当の意味での仇討ちをしてやる、と、甲次郎は胸の内で利兵衛と佐七に告げ、刀を構えなおした。

突然の轟音《ごうおん》があたりに響いたのは、そのときだった。

同時に、甲次郎は右の二の腕に鋭い痛みを感じ、刀を取り落としそうになる。

（なんだ？）

音は、さらに続いた。

同時に、甲次郎の目の前で、無傷だった侍が、突然、胸をおさえ、うめき声をもらしながら仰向けに倒れた。胸から、血が噴き出している。

（短銃か？）

そこにいたって、ようやく、甲次郎も気が付いた。

誰かが、どこかから、短銃で狙っている。

方角の見当はつくが、姿は見あたらない。

続いての銃弾は甲次郎の足下ではぜ、さらに、先ほど蹴り倒してまだうずくまっていた男も撃たれ、悲鳴をあげた。

甲次郎の味方でもなければ、侍連中の味方でもない、というわけだ。

（冗談じゃねえ）

さすがに、焦りを覚えた。

どこから狙われているかも判らない。

第一、甲次郎の知っている限り、視界に入らないほどの遠くから人を撃てる短銃など、ありえないはずだった。江戸で賭場に出入していた頃、金持ち連中の用心棒を引き受けている連中のなかに、時々、短銃を持っている者がいた。

だが、これほどの性能の短銃を見たことはない。

よほど最新のものを、異国からでも取り寄せない限り、考えられない。

甲次郎は、撃たれた腕を押さえ、刀を手にしたまま、走り出した。

どこから撃ってくるのかは判らないが、じっとしていては的になるだけだ。

相手が何者で、何を狙っているか判らない以上、逃げるしかない。

闇雲に、甲次郎は、走った。

何度か、後ろで銃声がなおも聞こえたが、振り返らずに走った。

武家地は避け、谷町筋に入り、幾度か角を曲がりながら逃げた。

途中、血に濡れた刀を手にしていることに気づき、町場に入る前に、慌てて道ばたに捨てた。

やがて、ふいに目の前が開け、淀川が見えた。

甲次郎は足を止め、すでに暖簾をおろした店の、板戸に寄りかかって、深い息をついた。

天満橋が近い。

東町奉行所は、すぐそこだ。祥吾の顔が思い浮かんだ。

だが、いくらなんでも、このまま奉行所に駆け込むわけにはいかない。

腕には撃たれた傷があり、しかも、返り血こそ浴びていないが、さっきまで斬り合いをしていた身だ。

うまく祥吾だけを呼び出せればいいが、そうでなければ、あれこれ問いただされ、厄介になるだけだろう。

（祥吾の役宅に行くか……）

奉行所同心の役宅は、天満橋を渡った向こう側、淀川の北に広がる天満郷と呼ばれる一帯の、さらに北のはずれにある。町場を越え、寺町も越えた向こうだ。

普段であれば何の苦にもならない距離だが、今はひどく遠くに思えた。第一、日が暮れてもなお人通りの多い天満橋を、今の格好で歩くのも気が引ける。腕から流れ出した血が、右の袖を重たく濡らしているのだ。むろん、この暗がりで、そうそう人目を引くとも思われないが、目ざとい役人にでもみられては、まずい。

くそっ、と甲次郎はつぶやいた。

どこかに身を隠して休もうにも、いかにも刃傷沙汰《にんじょうざた》を起こしてきました、といわんばかりの男を受け入れてくれる家など、あるだろうか。

もう少しまともな格好をしてりゃな、と、甲次郎は舌打ちした。

呉服屋の若旦那にふさわしい身なりをしていれば、どこかでやくざ者にでもからまれたといえば同情を引くのかもしれないが、今の甲次郎では、やくざ者のほうに間違われるのがおちだ。

(実際、中身だって、ほとんどやくざ者だ)

甲次郎は自分を嗤《わら》った。

そうすると、ふと心に余裕が戻り——同時に、頭の中に、ある顔が浮かんだ。

もう何年も会っていない相手だ。

だが、確か、家は、ここからそう遠くないはずだった。

祥吾の家と同様、天満郷にあるから、淀川は渡らねばならないが、天神橋なら、まだ、役人の家が近くに固まっていないだけ、ましだろう。

その家なら、今の甲次郎であっても、きっと、受け入れてくれる。

甲次郎は深呼吸をし、身を起こすと、歩き始めた。


すっかり闇に閉ざされた町は、上手い具合に、傷を負った甲次郎の姿を人目から隠してくれた。

月明かりと、行き交う者たちの持つ提灯の明かりだけを頼りに天神橋を渡ると、夜市で賑《にぎ》わう天神橋筋の賑わいが目の前だった。

それを一筋避けて右に折れ、遠い記憶にある店を、甲次郎は探した。

看板などもなく、赤提灯だけをひっそりと掲げた、常連しかこない居酒屋のはずだ。

表通りにはなく、路地を入ってすぐのところにあった。

名前は……思い出せない。

だが、あの師匠が惚《ほ》れ込むだけあって、料理はうまい店だった。

路地を一本ずつのぞき込むようにして歩き、

（そういえば、確か、提灯には、下手なだるまの絵が描いてあって、餓鬼のころは、それを目印にして……）

そこまで思い出したとき、甲次郎の目の前に、まさにその赤提灯が現れた。

足早に、甲次郎が歩み寄ろうとしたとき、店の中から大柄な中年女が現れ、提灯の灯を吹き消した。そのまま店の中に引き上げようとしたときに、甲次郎に気づき、

「悪いけど、もう看板や。またにしてんか」

女はあっさりと言って、そのまま、店に入ろうとした。

待ってくれ、と、甲次郎は、その女の袖をつかんだ。

「——昆布屋の大将に会いに来たんだ。取り次いでもらえないか」

「……は？」

女は、怪訝そうな顔で甲次郎を見た。

頼む、と甲次郎は繰り返した。

「昔、道場に通ってた者だ。若狭屋の甲次郎と言ってもらえれば、判るはずだ」

「道場、って……何、ちょっと、あんた、怪我してんの？」

女の声が高くなり、頼むから騒がないでくれ、と甲次郎は祈るような気持ちになった。

ここで騒がれて、町役人でも呼ばれたのでは、何の意味もない。

「……どないしたんや？　捨て子でもおったか？」

祈りが通じたのか、店の中から、とぼけた声がした。

瞬間、甲次郎は、全身の力が抜けるほどの安堵を感じ、女よりもさらに大きな声で、その声に呼びかけた。

「師匠……」

驚いたような顔で、店の内から坊主頭の老人が顔を出すまでに、ほとんど時間はかからなかった。

「甲次郎か？　お前、どないしたんや……」

師匠の声を聞いた瞬間、緊張の糸が切れたように、甲次郎は、その場に崩れ折れた。

第四章　拐《かどわ》かし

一

甲次郎が、町のさびれた剣術道場に通い始めたのは、七歳のときだった。

甲次郎をその場所に連れて行ったのは養父の若狭屋宗兵衛だったから、まだそのころには、宗兵衛には、甲次郎を武士の倅《せがれ》として育てる気持ちが、わずかにでも残っていたのだろう。

道場主は、了斎《りょうさい》という名の、すでに隠居といっていいほどの年齢《とし》の、坊主頭だった。

武士には見えないし、かといって、近所で見慣れた町の旦那衆とはまるで雰囲気が違う。

まだ幼かった甲次郎は、こんなところでまっとうな剣術など教われるものなのかと、子供心に不安を抱いた。

普通、町道場などというものは、禄を失った浪人が、日々の糧を得るために始めることが多いものだが、了斎は、経歴も、一風変わっていた。

了斎自身が語ったところによれば、商家の妾腹《めかけばら》に生まれた了斎は、生まれると同時に母親から引き離され、実父のもとで育てられたらしい。

しかし、悋気《りんき》の激しい義母に苛《いじ》められ、若い時分にはすっかりぐれて、蔵屋敷の賭場にまで出入りするようになった。

ところが、そこで、剣術に秀でた老武士に出会ったことで、了斎の人生は変わったのだ。

「その男も、はぐれ者やった。この泰平の世で、剣術なんぞに夢中になる侍は、家中ではまず出世は望めんさかい、すっかりぐれとったんや」

しかし、了斎とはなぜかうまが合い、熱心に剣術を教えてくれた。

そして、了斎にとっては、剣術は逆に、世をすねた心持ちをあらためさせる契機となったのだ。

剣の達人になりたいと願い、稽古《けいこ》を続けるうち、生活があらたまり、賭場への出入りもしなくなった。酒に浸るのもやめ、家にもきちんと帰るようになった。

すると、そんな倅の変化を鋭く見抜いた実父が、今こそ倅をまっとうな商人《あきんど》にするいい機会だ、とばかりに、いきなり、了斎に、昆布を売る店を一軒あてがったのだ。

蝦夷地《えぞち》から日本海をまわって北前船が運んでくる昆布は、大坂の特産品であるし、手堅い商売だった。

自分の家は妾腹の倅にはやれないが、かわりにせめてものことを、との親心だったのだろうが、

「けど、商売は、どうにも性に合わんでな」

せっかくもらった店に、了斎がつけた屋号が、まず、人を食ったものだった。

「商人なんやから、商売ものは大事にせなあかん」

そう言って、売り物の昆布に敬称をつけ、「御昆布屋」と名乗った。むろん、父は商売人の態度にあるまじき尊大な名だと怒ったが、了斎はかまわなかった。

さらに、半年後には、了斎は、「つぶれる前に才のある者に任せたほうが店のためや」と、その店を、まるごと人手に売り渡してしまった。

そして、かわりに、後継難でつぶれかけていた小さな町道場を買い取り、自分

がその道場主におさまったのである。

初めは、自分の師であった老武士を師範に迎えるつもりだったが、不幸にも、老武士はその直前に世を去ってしまっていた。

「ほなら自分でやるほかあらへんやろ。ほんで、よう考えてみたら、前の店、屋号だけは気に入っとったな、と思い出したわけや」

自分がやるなら名前も適当でいいだろう、とばかりに、了斎は、道場に、かつての店の看板をそのまままとりつけた。

それから、了斎は、界隈《かいわい》では、「御昆布屋の大将」と呼ばれるようになったのだ。

町人髷《ちょうにんまげ》をそり落とし、入道となったのもそのころのことで、以来、了斎は、ほそぼそと、道場を続けている。

町人の都大坂では、剣術を習おうなどと思いつく者自体少ない。「何の儲《もう》けにもならん」と、無駄な習い事の筆頭とさえ思われているため、繁盛しているとはお世辞にも言い難い。

だが、了斎の腕と人柄を見込んで、弟子が途絶えたことはなかった。

甲次郎はともかく、町奉行所同心を継ぐことが決まっていた丹羽祥吾でさえも、幼いときから「御昆布屋の道場」に通っていたくらいだから、了斎は、それなりに名の通った剣術師範ではあったのだ。

とはいえ、昨日、甲次郎が転がり込んだこの店は、御昆布屋の道場そのものではない。道場は、もう少し北、天満天神の森のすぐ脇にある。

が、道場を夕方に閉めたあと、師匠が必ず足を向けるのが、この天神橋筋にほど近い居酒屋だった。

そこには、師匠のなじみの女将《おかみ》がおり、師匠は月のうち二十日近くをその店に寝泊まりしていた。

道場だけでは儲からんさかい誰かに食べさせてもらわんと、と、了斎は笑って説明していたが、要は、そこの女将が了斎の情人というわけだ。

甲次郎も、道場に通っていた時分から、幾度か連れてきてもらっていた。さすがに食い道楽の師匠が惚《ほ》れ込んでいるだけあって、路地裏でひっそりと商売しているのがもったいないような味だった。

子供だった甲次郎は、なぜもっと目立つところで店をやらないのか、と女将に尋ねたこともあるが、女将は笑っていただけだった。何か理由があるのだろうな、とだけ、そのときに思った記憶がある。

傷を負った甲次郎が、すがる思いで探しあてたのは、そんな居酒屋だったのだ。

目を覚まし、床の上に身を起こした瞬間、甲次郎が感じたのは、右腕の痛みだった。

その痛みが、見慣れぬ部屋に眠っていた理由を、一瞬にして思い出させた。

これは撃たれた傷だ。自分は、昨日、あの懐かしい師匠の元に、転がり込んだのだ。

了斎は、傷を負った身でいきなり転がり込んだ甲次郎を、追い出しも叱りもしなかった。

「久しぶりやなあ、元気そうで安心したわ。祥吾から、ときどき、話は聞いとったけど、いつ来てくれるかと思てたんやで」

のんきにそう言って、店の内に招き入れ、手当をしてくれた。

なぜ甲次郎が傷を負ったのか、なぜ了斎を頼ってきたのか、訊《たず》ねることを一切しなかった。

（まったく）

相も変わらず、人をくった親爺だった。

第一、短銃で撃たれた相手に、元気そうで安心した、もないだろう。

丁寧に手当され、晒《さら》しのまかれた右腕を眺めながら、甲次郎は昨夜のことを思いだし、苦笑した。

手当をしてくれたあとも、師匠は昔の通りだった。

怪我人相手だというのに、まあ飲め、飲めば怪我なんざ治る、と、ひたすら酒をすすめたのだ。

それは、まだ十三歳だった甲次郎に、二日酔いになるほど酒を飲ませ、迎えに来た若狭屋の養父に眉をひそめられた頃と、まるで変わらない態度だった。

かすかに二日酔いの残る頭に手をやりながら、ここまで飲んだのも久しぶりだ、と甲次郎はため息混じりに笑った。

祥吾といてすら、何か昔とは違うものを感じ、心底から酔っぱらうことなどなかったというのに、昨日はまるで気負うものがなかった。

二日酔いの気怠《けだる》さまで懐かしい気がするのが、自分でもおかしい。

（昨日のあいつらも、取り逃がした獲物が、そのあと、好き放題に酒を飲んで寝入ってしまったとは思ってねえんだろうな）

定番屋敷の前で襲ってきた連中を思い出し、甲次郎はざまをみろ、と思った。

師匠の酒好きも昔通りで、ことに昔から好んでいた池田郷の地酒を、有名な銘酒満願寺をはじめ、三笠山にむら雀、江戸川、櫻井と、次々と甲次郎の前にならべてみせたのだ。

ええ加減にしときよし、と言いながら肴《さかな》を出してくれた女将の料理の腕も、相変わらず絶品だった。「余りもんで悪いけど」と並べられた小鉢は、鯖《さば》の酢じめに太刀魚《たちうお》の蒸し物、小芋の煮物と、当たり前の料理ばかりなのに、一流の料亭にも劣らない味で、店の名前まで忘れていたことを、女将に申し訳なく思ったほどだった。

「目、覚めはった?」

そこで、階段をばたばたと上がってくる足音がしたと思うと、女将の声が、障子の向こうから、甲次郎を呼んだ。

「あ……はい」

「そ。ほなら、下降りて、ご飯でも食べ。もうとうに昼やけどな。お仲間も、ちょっと前から、待ってはるで」

それだけ言い置いて、また、あわただしく階下に降りていく。

傷の具合はどうかとか、よく眠れたかとか、そんな他人行儀な挨拶《あいさつ》はない。女将も女将であいかわらずだ、と、なんとなしにこそばゆく思いながら、甲次郎は、起きあがり、枕元にたたんであった着物に着替えた。

血に汚れていたはずの甲次郎の着物ではなく、おそらくは師匠のものらしい無地の着流しだ。

（しかし、仲間ってのは……）

女将の最後の一言を訝《いぶか》りながら階下に降りると、夕方までは客を入れない居酒屋の土間で、ひとり、ぼんやりと、鉤《かぎ》の手に伸びた飯台で茶をすすっていたのは、丹羽祥吾だった。

「なんだ、お前か」

他にはありえないとは思っていたが、甲次郎は何となしに気まずく肩をすくめた。

祥吾が応えるより先に、まずこっちで顔洗いや、と、女将の声が飛び、甲次郎は苦笑する。

ここでは、自分は、まるっきり子供扱いだ。

顔を洗い、口をゆすいで酒の残り香もぬぐってから、甲次郎は改めて、祥吾と隣り合わせで、飯台についた。

すでに茶粥《ちゃがゆ》が用意されており、添えられたぬか漬けの香りに、甲次郎は懐かしく目を細める。

子供のころにも、なんどか、ここでこうやって、祥吾と朝飯を食べたことがあった。剣術の稽古に夢中になるあまり、家に帰るのも面倒になって、師匠のもとに居続けたことがあったのだ。

「お前、今も、時々、ここで飯食ってるのか」

「そんなわけがないだろう、馬鹿者」

何気なく言った言葉に、すでに飯を食い終えていた祥吾は、意外なほどに大きな声で応えた。

「甲次郎、お前が昨日、若狭屋に帰らなかったことで、まわりにどれだけ心配をかけたと思ってる。好き勝手に動くのもたいがいにしろ。おかげで、こっちは朝から、えらい目にあったんだぞ。お前を捜し回って……」

「そんなに怒鳴るなよ、うるせえな……」

昔なじみの心情をありがたく思いながらも、照れ隠しにそう言おうとしたところで、甲次郎の言葉はとまった。

きまじめな怒りを表情の全面に表している祥吾から目をそらした瞬間、暗い場の奥に、萌葱色《もえぎいろ》の着物が動いたからだ。

それは、甲次郎には見覚えのある色の着物であり、しかし、この場所にいるはずのない女の着物でもあった。

「千佐」

まさかと思いながら名を呼ぶと、千佐は、飯台からようやく見える場所にかろうじて顔を出し、泣きそうな顔で甲次郎を見た。

だが、何も言わない。

どうして千佐がそこにいるのか判らず、一瞬、言葉が出ない甲次郎に、横から、祥吾が口をはさんだ。

「まだ夜が明けるか明けないかの刻限に、うちの屋敷にひとりで駆け込んできたんだ、そのお嬢さんは」

「お前の屋敷、って——天満の役宅か?」

「他にどこに家がある」

いや、だが……と、甲次郎は口ごもった。

本町の若狭屋から、天満の役宅までは、かなりの距離がある。

それを、夜明けに一人でなど、いくらなんでも無茶だと思った。

「お前が帰らなかったから、この間の番頭の二の舞にでもなったかと心配したそうだ。まあ、もっとも、あながち的はずれな懸念でもなかったみたいだがな。怪我をして人の家に転がり込んでいるようでは」

甲次郎は、一瞬、絶句したが、事態が把握できると、箸をおいて天井を仰いだ。

「おい、ちょっと待てよ。冗談じゃねえ。おれが一晩帰らないことよりも、朝早くから供も連れずに娘がひとりで天満くんだりまで行くほうが、よっぽど危ねえじゃねえか」

あきれ果てた、と言った口調の甲次郎に、さすがに千佐は口をとがらせ、何か言い返そうとした。

だが、普段は勝ち気で物怖《ものお》じしない娘だというのに、けどあんたが、と言ったきり言葉に詰まり、あろうことか、涙をこぼしたのに、甲次郎はさらに驚いた。

とっさにうまい言葉が見つからない甲次郎の目の端で、祥吾は複雑な表情で視線をそらしながら言った。

「お信乃殿も案じておられたそうだぞ」

「――悪かったよ」

ようやく、甲次郎は、千佐を見ながら、詫《わ》びを口にした。

甲次郎が帰らないと知った若狭屋の娘二人が、身を寄せ合うようにして、自分の身を案じている様子は、目に浮かぶようだった。

（それにしても）

祥吾はよくここが判ったものだ、と思った。

あるいは、祥吾自身も、何かあったときに、頼れるのはここだけだと思っているのかもしれない。

突然、入り口の腰高障子がからりと開いた。

「お、やっと起きたか、甲次郎」

入ってきたのは、了斎だった。

手にした籠《かご》に、艶《つや》やかな秋茄子《あきなす》を数本と、青菜の束を並べている。女将の代わりに、仕入れにでも行っていたものらしい。

師匠の姿を見て、祥吾は律儀に立ち上がり、礼をした。

千佐も、慌てて、賄い場から飯台の前にまわると、丁寧に頭をさげ、

「昨夜は甲次郎さんがお世話になりましたそうで」

「ああ、かまへんかまへん。この阿呆は、昔っから手のかかる坊主やったさかいな。慣れとるわ」

了斎は、籠を飯台の上に置くと、無造作に手を振った。

「それより、うちの弟子をひとり、連れてきたさかいな。あんた、早う帰って、店のひとらを安心させたり。大丈夫、うちの弟子は信用できる男やさかい、ちゃんと店まで送り届けるさかいな」

「おおきに。ありがとうございます」

千佐は、もう一度、深く、了斎に頭をさげた。

そうなると、自分だけ座っているわけにもいかず、甲次郎は、どうにも決まりの悪さを感じながら、椅子を立って、あらためて師匠に、礼と詫びを言った。

かまへん、と、もう一度、了斎は笑った。

「まあ、お前みたいな出来の悪い弟子は、こないなことでもない限り、昔の師匠に挨拶になんぞ来るわけないと思とったしな。予想通りや。それよりも、こっちのお嬢さんによう頭下げとくこっちゃ。若狭屋のお嬢さんいうたら、お前さんの許嫁《いいなずけ》やろ。そんな娘さんに心配かける男は、ろくなもんと違うで」

「……はあ」

師匠に言われると無視もできないが、師匠は千佐と信乃とを勘違いしている。どう言ったものかと逡巡《しゅんじゅん》していると、千佐はそんな甲次郎を無視して、ほならうちは失礼します、と言った。

「店の者が心配してると困りますさかい。御礼は改めて、伺います」

「ああ、ほなら、またな。いつでも来ぃや。甲次郎の阿呆がおらんときにでもな。大坂一の料理食べさせたるさかいな」

「おおきに」

しつけの行き届いた町娘らしく、丁寧に礼をして、千佐は、師匠の連れてきた弟子とともに店を出て行った。甲次郎に視線さえ向けなかったのは、さすがに意地っ張りの娘だと感心するほどだった。

甲次郎自身がぼんやりしている間に、了斎はにこにこと、往来まで千佐を送りに出て行っている。

祥吾が隣で大袈裟《おおげさ》にため息をつくのが聞こえた。

うるせえな、と甲次郎が振り返ると、祥吾は、その鋭い目を、あらためて甲次郎に向けた。

「――で、お前は、いったい、誰にやられたのだ?」

昨夜の出来事を、甲次郎はあらためて、了斎と、祥吾とに話した。

了斎は飯台の向こうで女将とともに料理の下ごしらえをしながら、耳だけは、こちらに向けているようだった。

祥吾は、一言も聞き漏らすまいと奉行所役人の顔になって、熱心に耳を傾けていた。

ひと通りを聞き終えると、祥吾は言った。

「侍のほうは、酒井家の連中と考えて間違いないわけだな」

「十中八九」

「で、短銃を撃ってきた奴は」

祥吾の問いに、甲次郎は、一拍間をおいて、判らない、と応えた。

「だが、あるいは、と思う相手はある」

そこで言葉を切ると、祥吾が後を継いだ。

「泉屋か」

「そうだ」

短銃は、昔ほどには珍しい武器ではない。

近頃では、武家のなかにも、以前のように珍重品としてではなく、実用のために短銃を買い備える者も、いるにはいる。

だが、それでもやはり、誰でもが気軽に持てるものではなかった。

第一、金がかかる。

国内でも作られていないわけではないが、鉄砲鍛冶《かじ》に特別に注文しなければならないし、異国の品を買うとなれば、さらに高価なはずだった。

しかも、まっとうな唐物問屋などでは、まず、手に入らない。異国商いに特別の筋があり、多額の金を用意できる者でなければ買えないのが短銃なのだ。

（ましてや、昨夜のような、射程の長いものなど）

最新の武器をオランダ商館から直接買い付けられる伝手《つて》でもなければ、手に入らないはずだった。

泉屋ならば、すべての条件にあてはまる。

「だが、泉屋だとしたら、お前を狙うのはともかく、なぜ酒井家の侍まで撃った？」

祥吾が、首をひねった。

「酒井家と泉屋は同じ穴の狢《むじな》だったはずだ。ともに野上銅山で荒稼ぎをしているはずだからな」

やはり祥吾もそこにたどりついていたか、と、甲次郎はうなずいた。

「泉屋と酒井家が組んであの銅山を再び動かすにあたっては、在方で一揆寸前の騒ぎになったこともある。そのうちに、もっと大きな騒ぎになるのでは、と噂《うわさ》も流れていた」

「なるほど」

奉行所役人の情報の速さに甲次郎は感心した。

銅山の悪水が地元の民を悩ませていると大坂の役人までが判っているのに、それでも止められない。寺社奉行をつとめる名家と、大坂で富を牛耳る豪商が背後にあると、そこまでの横暴ができるものなのか、とも思った。

むろん、昨日、短銃を撃ってきたのが泉屋の手の者だとしたら、泉屋と酒井家は、完全に手を組んでいるとは限らないわけだ。

「それにしてもな――」

それ以上の事情は、座り込んで考えていてもわかりそうになかった。

おれは昨夜の現場に行ってみる、と祥吾が立ち上がった。

「今から行っても証拠となるものなど残ってはいまいが、一応、見ておいたほうがいいだろう。お前は……」

「おれは……行かねえよ」

甲次郎は首を振った。

現場の検分など、役人に任せておけばいいとも思ったし、蕎麦屋《そばや》にあずけたままのお光《みつ》のことも放ってはおけない。

だが、そういいながらも、甲次郎には、ひとつだけ、気になっていることがあった。

昨夜、襲われたとき、とっさに、母の形見の懐剣を投げてしまったのだ。

あれは、まだ、その場に落ちているだろうか。

それとも、通りかかった誰かに、拾われてしまったか。

（まあ、どっちだっていいが……）

はじめから、興味など持っていなかったものだ。

甲次郎は首を振り、祥吾に、そっちのほうは頼んだ、と、あらためて言い、懐剣のことは口にしなかった。

自分の生まれがどうこうなどということは、祥吾に知らせずとも良いことだった。

「怪我が治ったら、もう少し真面目に稽古に来るんやで」

師匠の声に見送られ、甲次郎は、御昆布屋とふざけた看板のついた道場をあとにした。

二

祥吾が去ってから、たっぷり二刻《とき》はすぎ、すでに陽は傾きかけていた。

昨日の怪我が思ったよりは軽いものだったこともあって、甲次郎は、久しぶりに師匠に稽古をつけてもらいに、道場に赴いた。

むろん、本気での打ち合いなどはできなかったが、竹刀《しない》で軽く稽古をしただけで、甲次郎は、自分のなかからもやもやとしたものが流れ落ちるような気分になった。

師匠を相手に竹刀を振るだけで、幼い頃のように無心になれる気がした。

「ありがとうございました」

腹の底からそんな言葉を口にしたのさえ、本当に久しぶりだと甲次郎は気づいた。

やはり、師匠に会いに来てよかった、と思う。

「甲次郎」

稽古の後、井戸端で汗を拭っていると、了斎が縁側から声をかけてきた。

「祥吾との話、聞かせてもろたけどな。……まあ、お前さんが自分から厄介事に首をつっこむのはかまへん。店の者にちょっかい出されて黙ってられへん気持ちも判る。けどな。お前さんには、そうせなならん理由はあらへん」

「――」

「祥吾とお前さんは違う。あれは役人で、お前さんは商人や。商人には商人のやり方がある。まあもちろん、儂《わし》が言うても、聞く気にもならへんやろけどな」

了斎は自分自身の手にある竹刀をちらりと見て苦笑いしたが、もう一度、真顔に戻って言った。

「お前さんみたいな男が商人になるのも、それはそれで面白いもんやろ、と儂は思うけどもな。儂にはでけんかったことやさかいな」

どっちにしろそれ以上怪我せんようにな、と師匠は笑った。

甲次郎は黙って師匠にもう一度、頭をさげた。

道場を出ると、すでに日は傾き、早じまいの職人たちが、一膳飯屋にぞろぞろと入っていく頃合いになっていた。

あれから祥吾は何かつかんだだろうか。

自分は結局、一日、師匠のもとでのんびりしていただけだ。

少しばかり気が引け、帰りに足を伸ばし、奉行所か、祥吾の役宅にでも寄ろうかと思った。

だが、結局は、甲次郎は、まっすぐに若狭屋に足を向けた。

今朝、ろくに言葉もかわさずに帰してしまった千佐のことを思い出したのだ。

まずは店に戻り、もう一度、千佐に礼を言おうと思った。

娘一人で、まだ暗い往来を、天満郷まで駆けていった千佐の気持ちを思うと、さすがに甲次郎も、放ってはおけなかった。

それに、信乃はもちろん、養父母も、案じているだろう。

千佐の口から、甲次郎の無事を聞いたあとだとしても、今日も帰りが遅いというのは、さすがにまずい。

天神橋を渡り、谷町筋を下りて、本町の若狭屋に戻る途中、甲次郎の頭には、もちろん、またどこからか狙われたりはしないか、という懸念があった。

酒井家にしろ泉屋にしろ、本気で甲次郎の動きを妨げようとしているのは明らかだ。

あたりに人の目が切れると、昨日の二の舞になりかねない。なるべく、物売りや遊山客の多い道を通った。

町を歩くのにさえも気を遣わねばならないとは、我ながら、厄介なことに首を突っ込んだものだと苦笑が浮かんだ。

若狭屋に戻ると、甲次郎は、手代の音助が慌てたように店から出てくるのに出くわした。

「若旦那、お一人ですか」

「見ての通り、一人だが……何かあったのか」

「それが……」

音助は顔をくもらせた。

「嬢《いと》さんがお戻りにならんさかい、気になって」

「信乃が？」

「千佐お嬢さんも一緒です。藤野の店に行かれたきり、お帰りが遅いんで」

藤野の店と呼ばれる小間物屋は、屋号は五十鈴《いすず》屋《や》と風流な名がついているが、界隈では、女主人の名をとって呼ばれることが多かった。

踊りの名取でもある女主人の藤野は、昔はあちこちの蔵屋敷で蔵役人の奥方連中に稽古をつけていたとも言われ、芸事で身をたてる女の割に身持ちも堅いと、近所の評判もよかった。

千佐はしばしば店にも出向いていたようだったし、信乃がまだほとんど店の外に出ずに暮らしていた頃にも、櫛《くし》やかんざしなど娘の喜びそうなものを見繕って届けてくれた。

「判った。おれが迎えに行く」

女の買物の長いのなどいつものことだ、とも思ったが、音助が案じる気持ちも判る。

音助を店に帰すと、ぽつりぽつりと降り始めた雨を避けるように、甲次郎は、普段はまず足を踏み入れない小間物屋の暖簾《のれん》をくぐった。

若狭屋の者だが、と名乗り、千佐と信乃が来ているはずだが、と告げる。

しかし、現れた女主人は、驚いたような顔をした。

「あら、若狭屋の若旦那。行き違いにならはったんやろか。お千佐ちゃんもお信乃ちゃんも、少し前に出て行かはりましたで。若旦那のお遣いや、て男衆と一緒に」

「なんだと」

甲次郎は、一瞬とまどい、ついで、まさか、と顔から血の気がひくのを感じた。

「いつのことだ」

「そんなに前とは違いますけど。……あかんかったんやろか」

「遣いって、どんな男だ。侍か？」

いえ、と、甲次郎の剣幕に押されながら、女将は首を振った。

「商家の手代はんに見えましたけど。えらく慌てた様子で、若旦那が大怪我したさかい、すぐに来てくれって……」

そこまで言って、女将も、おかしいと気付いたようだ。

どういうことやろ、とつぶやいて口ごもる。

やられた、と甲次郎は奥歯をかんだ。

音助の心配は当たっていた。

奴らは、今度は娘たちを狙ってきたのだ。

（町人が来たということは、泉屋の手の者か）

とにかく、甲次郎にできることは、すぐにも娘たちを追うことだった。

それほど時間は経っていないと女将は言った。

(間に合ってくれ)

甲次郎は、女将が指さす方向に駆け出した。


雨の中を、甲次郎は走った。

娘たちが連れて行かれたのは南の方角らしい。

泉屋に向かった可能性も高い。

甲次郎も、長堀の泉屋の大邸宅は、何度も前を通ったことがある。

あそこに連れ込まれたら、そう簡単には、助け出せないだろう。

(あいつらが途中で気づいてくれりゃ……)

甲次郎の遣いだという言葉が嘘《うそ》だと気づき、逃げるなり騒ぐなりしてくれればいい。そうすれば、まだ人通りも多い夕刻だ。そう簡単に拐《かどわ》かしなどできまい。

千佐と信乃の顔を思い浮かべながら、甲次郎は祈るような気持ちで駆けた。

長堀に向かったとして、どの道を通ったか。

堀端まで出て、そのまま東に向かうだろうか。それだと、千佐あたりが、すぐに、泉屋との関係に勘づきそうな気がする。それを用心して、別の筋に入ったとしたら……。

甲次郎は、雨脚の強まる往来を、息が切れるほどに走った。

通りの交わる場所に来るたび、二人の娘を連れた商人の一行を見なかったか、と、あたりの者をつかまえて聞いたが、はかばかしい答えは得られなかった。

（ちきしょう……）

適当に見当をつけて幾度か角を曲がり、結局、長堀端まで出たところで、甲次郎は、手がかりがなさすぎる、と絶望的に立ちつくした。

すでに、全身ずぶぬれだった。

この雨のせいで、往来から人も減り、目撃者を捜そうにも、尋ねる相手も見つからない。

それに、考えてみれば、相手がどれだけの人数を使っていたか知らないが、これだけの雨のなか、娘二人を泉屋まで連れ去るなど不可能で、どこか近くに隠し場所を確保していたと考えたほうがいい。

それがいったいどこなのか、甲次郎には探しようがないのだ。

「ちきしょう！」

甲次郎は、腹立ち紛れに天水桶を蹴飛ばした。

甲次郎、と、声が聞こえたのは、そのときだった。

振り向くと、長堀端を早足で近づいてくる人影がある。

唐傘《からかさ》をさし、黒の羽織に着流し姿の丹羽祥吾だった。

「どうした。何かあったのか」

「……祥吾」

甲次郎は、わずかな安堵を浮かべて友人を見た。

絶望的な状況のなか、頼りになる姿を見ただけで、少しは希望が持てる気がしたのだ。

「今から若狭屋に様子を見に行こうと思っていたんだが、お前、こんなところで、何をしている」

祥吾はずぶぬれの甲次郎に眉をひそめながら言ったが、甲次郎の話を聞き終えると表情が一変した。

「奉行所に手を回す。拐かしとなれば、放ってはおけん」

「大丈夫なのか」

そうしてもらえればありがたいとは思ったが、それでも、甲次郎は尋ねずにはいられなかった。

相手は泉屋と酒井家で、町奉行所とて簡単に手出しできる相手とは思えない。

「だが、このままでは二人とも……どうなるか」

「女を殺すまではしないと思うが」

「そんなことは判らないだろう！　それに、殺されずとも……」

祥吾も心底から娘たちを案じているようだ。

甲次郎も、あらためて、胸にどうしようもない怒りが湧き起こるのを感じた。

（よりにもよって、娘たちを……）

いくらなんでも、もう、二人とも、騙《だま》されたことに気づいているだろう。

どれだけ怯《おび》え、震えているかと思うと、やりきれなかった。自分が師匠のもとに長居したりせず、すぐに若狭屋に戻ってきていれば防げた事態かもしれないと思うと、さらに後悔は激しかった。

「お前、一度、若狭屋に戻れ」

祥吾が、感情を無理に抑えた声で言った。

「向こうから、何か言ってくるかもしれん。それに、店のほうも、気になる。お前だとて、狙われている。ひとりでうろうろしていたら危ない」

「だから、黙って待ってろってわけか」

甲次郎は、八つ当たりだと知りながらも、声を荒げた。

「武士でも役人でもないおれは、黙って店で待ってろってのか。さらわれたのはおれの許嫁なんだぞ」

「それは判っている。判っているから言っているのだ。お前にまで何かあったら、店はどうなる」

「店なんかどうだっていいだろう。今は――」

そこで、甲次郎は、はっと口をつぐんだ。

土砂降りの長堀端には、もはや二人以外に誰の姿もない。

空も暗く、数間先も見えにくいほどだ。

だが、その長堀端を、誰かがこちらに近づいてくる。

藤色の小袖を雨に濡らし、よろよろと、それでも必死に走ってくるのが誰なのか、甲次郎はすぐに気づいた。

「――お信乃殿」

同時に、祥吾が叫び、走り出した。

甲次郎も、すぐに後を追う。

信乃は、裸足《はだし》だった。

着物の裾を乱し、足袋《たび》を泥だらけにして、駆けてくる。

「信乃」

甲次郎の叫びに、信乃は、駆け寄ってくる二人が誰なのか、気づいたようだった。

真っ青な顔に、一瞬、安堵の色が浮かぶ。

と同時に、緊張の糸が切れたのか、その場に崩れそうになった。

「信乃、大丈夫か」

甲次郎は、すんでのところで、許嫁を腕に抱き留めた。

初めて抱いた信乃の体は、雨に冷え切っていて、息も荒かった。

だが、信乃は、涙なのか雨なのか判らないほどに濡れそぼった顔をあげ、甲次郎の腕にすがって言った。

「千佐ちゃんが、向こうの店に……日野屋ていう宿で、部屋に閉じこめられて」

「日野屋？　長堀端の店か？」

「ううん。一筋中に入ったとこ。ここから三つ目の角、曲がって……」

「お前らを連れて行ったのは泉屋の連中か。それとも……」

「初めは、どこかの手代さんみたいな人やった。けど、そのうち、お侍が三人もきて、おかしい、て思って、でも、怖くて逃げられへんようになって……でも」

信乃は息を切らしながら、甲次郎の二の腕を強くつかんだ。

「千佐ちゃんが、うちだけ逃がしてくれたん。自分がお侍さんたちの気を引いてる間に、ひとりで逃げ、ていうて。うちも追いかけられたけど、近くの草紙屋さんが匿《かくも》うてくれて、それで、しばらく隠れてたら、みんな、諦《あきら》めたみたいやったから、早う甲次郎兄さん、呼びに行かんと、って……」

「祥吾」

信乃の言葉を最後まで聞かず、甲次郎は怒鳴った。

「信乃を頼む」

信乃の体を祥吾の腕にあずけ、甲次郎はそのまま、信乃が指さした方向に駆け出そうとした。

「待て、甲次郎」

祥吾が、その腕をつかんだ。

「うるさい、はなせ……」

この期に及んで役人がどうこういうのかと、怒鳴って腕を振り切ろうとした甲次郎に、祥吾は黙って、自分の佩刀《はいとう》を腰から抜いて差し出した。

「丸腰で何ができる。持って行け」

「……祥吾」

役人が町人に刀を渡すなど、あってはならないことだが、祥吾の顔に逡巡はなかった。

甲次郎は黙って刀を受け取ると、そのまま走り出した。

三

「おい、場所を移すぞ」

侍のなかで、指揮をとっている男が、ほかの二人に命じた。

声に焦《あせ》りがある。

千佐はそれを、部屋の隅にうずくまりながら、聞いた。

信乃が追っ手に捕まらなかったようだと察し、心から安堵の息がもれた。

あの体の弱い子が、よく逃げられたものだと思ったが、機転の利く子だから、すぐに近くの店に飛び込んで助けを求めたのかもしれない。

藤野の店から誘い出され、おかしいと気づいたのは、すぐのことだった。

甲次郎の遣いだと言いながら、迎えと称する男たちは、若狭屋とはまるで反対のほうに歩き出し、どこに行くのかと尋ねても応えようとしなかった。

しかし、妙だと気づき、信乃の手をひいて逃げだそうとしたときには、脇腹に刃が突きつけられていたのだ。

「動いたら殺す」

傍目《はため》には、よろけて歩く娘を支えているようにしか見えないように、袖で刃を隠しながら、男は千佐と信乃とを連れて歩き、塩町のはずれあたりで、日野屋と古い看板の出た宿に連れ込んだのだ。

奥の部屋には、侍が三人、待っていた。

さすがに千佐は絶望的になったが、男たちは、すぐに二人をどうこうしようという気は、ないようだった。

だが、だからといって、安心できるはずもない。

男たちが、利兵衛殺しから続く、一連の悪事の一味であることは、察しがついた。

部屋にいた侍のうちの一人は、蔵屋敷の前でも会い、泉屋の本宅前でも顔を合わせた、あの中年の侍だ。

どうしてそこまで若狭屋が狙われなければならないのか、千佐には判らない。

だが、何であれ、このままじっとしているわけにはいかなかった。

侍のひとりが若狭屋の様子を見に行くと言って外に出た。

もうひとりも、千佐たちを拐かしてきた手代風の男と話をしながら、部屋から出て行った。

最後の男は、部屋の入り口で、つまらなさそうにぼんやり立っている。

機会は今しかない。

千佐は、強張《こわば》った表情で自分の袖をつかんでいる信乃の耳元に口を寄せ、ささやいた。

「うちが囮になるから、ひとりで逃げるんや」

信乃の返事を確かめる暇はなかった。

千佐は、入り口の男に思い切り体当たりし、誰か助けて、と叫びながら帳場のほうに駆け出した。

男たちの目が、一斉に自分に向くのが判った。

侍は二人とも千佐を追いかけてきたし、商家の手代風の男も、

「ちょ、ちょっと。あんまし騒ぎにせんといておくれやす」

慌てながら、刀にまで手をかけそうになる侍をなだめようとついてくる。

廊下を走り抜け、賄い場に逃げ込み、お膳や鍋、釜の類まで男に投げつけて暴れた千佐は、それでも結局は娘一人の非力さで、侍に無理矢理抑えこまれた。

「おとなしくしろ！」

腹立ち紛れに頬《ほお》を殴られ、口の中に血の味が広がった。

だが、腕をつかまれ、乱暴に引き戻された元の部屋に、すでに信乃の姿がないのを見、千佐は笑みを浮かべた。

千佐のねらいが何だったのかを察した侍に、

「この女《あま》！」

さらに殴られ、痛みに耐えかねて部屋に倒れ込んだが、頭にあるのは信乃のことだけだった。

どうか、信乃が無事に若狭屋に戻れますようにと千佐は祈った。

懸念は外の雨で、体の弱い信乃を、この雨の中、外に送り出したのは、まずかったかもしれない。けれど、だからといって、自分一人が逃げて信乃を残すことなどできるはずがない。

これでよかったのだ。

「この女、手ぇ焼かせやがって」

やがて、信乃を追って外に出ていった侍のひとりが、着物をぐっしょりと濡らして戻ってきた。

千佐の腕をつかんで立たせ、

「さっきの女が役人にでも知らせたらまずい。すぐここを出るぞ」

「どこへ連れていくんだ。南久宝寺か？」

「いや、あそこには、別口がいる。かといって蔵屋敷も遠いからな」

「だが、長堀の本宅もまずかろう」

侍たちの会話を、一言もらさず千佐は耳に刻み込もうとした。

が、相手もそれに気づいたようで、すぐに口を閉ざした。

とにかく駕籠《かご》で運ぶ、と中年の侍が決め、残りの二人が千佐に猿ぐつわをはめ、手足を縛り上げた。

これで、もう、身動きはできない。

「今度あばれやがったら、本当に命はねえぞ。ただ殺すだけだと思ったら大間違いだ。おれたちでさんざん玩具《おもちゃ》にしたあと、裸で川に捨ててやるからそう思え」

絶望的になった千佐を、さらに一味は脅しつけ、宿の前まで呼んだ駕籠に押し込んだ。

狭い駕籠のなかに転がされ、激しく揺られながら、どこともしれない場所に連れていかれる。

本当に、自分は殺されるのかもしれない。

（あるいは、もっと、ひどい目に……）

初めて、千佐の目に涙がにじんだ。

だが、泣くのをこらえ、千佐は唇をかんだ。

泣いていてもしかたがない。千佐には千佐で、なんとかできることがあるはずだった。

千佐は、駕籠のなかで、必死にもがいた。

手首の縛《いまし》めさえ解ければ、まだ逃げられる可能性はある。

駕籠は往来を通っているのだ。

手足の縄をほどき、猿ぐつわをはずし、駕籠から飛び出して、大声で助けを求めれば、誰かが手を貸してくれるかもしれない。

この雨では往来の人通りは少ないかもしれないが、塩町筋あたりなら、小さな蕎麦屋や茶店もある。

（そこに逃げ込めれば……）

手首にくいこむ縄をほどこうともがく千佐の耳には、雨の中を走る駕籠の外で、侍が両脇につき、駕籠かきを急《せ》かす声が聞こえてくる。

次の場所に連れ込まれてしまったら、おしまいだ。

千佐は焦った。

早くしろ、もっと走れ、と怒鳴る声が、ふと、とぎれた。

もう着いたのか、と千佐が身を震わせた瞬間、いきなり、がくん、と駕籠が揺れる。

駕籠かきが、突然、駕籠を地面に落としたのだ。

思わぬ衝撃に声にならない悲鳴をあげた千佐の耳に、ひえええ、と叫んで駕籠かきが走り出す気配があった。

瞬間、千佐の手首が自由になった。

縄がほどけたのだ。

同時に、聞き慣れた声が、千佐の耳を打った。

「……うちの女、返してもらおうか。駕籠のなかに、いるんだろう？」

まさか、と思った。

だが、その声は、千佐には聞き間違うはずのない声だった。

侍の焦りを含んだ声が、それに応じる。

「貴様、若狭屋の……」

「町人の分際で刀など、生意気な」

「今度こそ、始末してやる」

できるもんならな、と再び、低い声がした。

「侍の分際で女、拐かすような屑どもに、おれが斬れるならな」

千佐は涙があふれ出すのを感じた。

甲次郎が助けにきてくれたのだ。

千佐の耳に、もう一度、甲次郎の声が響いた。

千佐、と、その声は、自分の名を呼び、言った。

「いるなら返事しろ。無事か」

「甲次郎さん」

「無事ならいい。出てくるな。すぐに、始末をつけてやる」

はい、と千佐はうなずいた。

甲次郎なら大丈夫だ——そう信じられる気がした。

三人のうち、二人まではたいした相手ではない。それは、構えを見ればすぐに判った。

だが、ひとり、見覚えのある顔があった。蔵屋敷の前でもめたときにも会った、中年の侍だ。そのときにも唯一、手応えがありそうだと思った男だった。

駕籠かきが逃げ出してくれたのは幸いだった、と甲次郎は思った。

そいつらにも敵に回られたら、厳しい状況だったろう。

甲次郎が信乃から聞いた宿に駆けつけてみれば、千佐の姿はすでになく、店の女が、侍が駕籠を仕立てて女を連れていったと教えてくれた。

「長堀の方に行きましたけど」

そう言われた言葉を信じ、長堀端をがむしゃらに走ると、やがて、雨の中を走る怪しげな駕籠が見つかった。

間違いない、と、甲次郎は迷わず刀を抜き払った。

その抜き身を見て、駕籠かきは怯《おび》えて逃げたのだ。

三人ならば、なんとかなる。

千佐の声が思いの外にしっかりしていたのも、甲次郎を安堵させた。

駕籠を背にして、三人が立つ。

一歩後ろにいる中年だけが要注意だ、と思った。

甲次郎は鞘を投げ捨てた。

すでに雨はあがっている。

右の上段に構え、挑発するように右の男に視線を向けると、案の定、斬りかかってきた。

一太刀目を弾き返し、身を沈めて臑《すね》を切る。ぎゃ、っと叫んで、男はうずくまった。刀を取り落とし、ひいひいと地面を転がる。

「なかなか見事な剣術じゃねえか、寺社奉行の御家中さんよ」

甲次郎は鼻で笑った。

「何を……！」

左は、下段から来た。

甲次郎は一歩飛んでそれを避けると、がらあきになった相手の脇腹に斬りつけた。致命傷にはならないほどの傷だ。そこまでは、それを計算するだけの余裕があった。

だが、次の瞬間、目の前の男の陰から、三人目の刃が光るのが見えた。あの中年の侍だ。

「──なに」

やられる、と思った。

身をひねり、斬り込んできたのをかわしたところに、二太刀目がきた。

「野郎……」

甲次郎はとっさに、さっき捨てた鞘を拾い、刃を受けた。

意表を突かれ、一瞬、相手に隙ができた。

その刹那《せつな》に、甲次郎は刀を相手の胸に突き立てた。

深々と刃は相手の心臓を貫き、声もなく倒れた。

自分が何をしたのかに甲次郎が気づいたのは、反射的に刃を相手の体から抜きとった後だった。

胸から流れ出す血が、雨に濡れた往来に広がっていく。

（──死んだのか？）

まさか、と思った。

信じられない思いで、甲次郎は自分の手を見た。

返り血すら浴びていない手だ。

だが、目の前で、男がひとり、息絶え、倒れている。

自分が殺したのだと認識するのに、ひどく時間がかかった。

傷を負った後の二人が、まだ呻《うめ》き、もがいている声も、耳に入らない。

ようやく我に返ったのは、聞き慣れた細い声で名を呼ばれたからだった。

「甲次郎さん」

その声は、もう一度、同じ言葉を繰り返した。

同時に、甲次郎のしたことを見てとったのか、息をのむのが判る。

甲次郎は何か言おうとしたが、止めた。

目の前のことは、すべて自分で受け止めるべきことだ。

「無事だったか」

刀を鞘に納めて振り返ると、駕籠のなかから現れた千佐は、ひどい顔をしていた。

顔を殴られたらしく、頬がはれあがっているのだ。その上、泣いている。

「悪かったな、遅くなって」

甲次郎は立ちつくす千佐に歩み寄った。

「間に合ってよかった」

そう言いながらためらわずに抱き寄せると、千佐は一瞬びくりと身をすくめたが、次の瞬間には、わっと泣き出して、甲次郎の胸にすがりついてきた。

悪かったと繰り返しながら甲次郎は千佐を抱きしめた。

雨に濡れた体の、その存在だけが、今の自分を正気に保っているのかもしれない、と甲次郎は思った。

第五章　形見の懐剣

一

千佐を連れて甲次郎は若狭屋に戻った。

甲次郎の姿を見て、店先で張り番のように出入りする客を見張っていた祥吾は、隠すこともなく安堵《あんど》の息をついた。

「よかった」

「ああ、悪かったな」

少し刃こぼれしちまったけど、と、甲次郎は、刀を祥吾に返した。

刃こぼれどころか、鞘にまで刀傷が食い込んでいるのに、祥吾は眉をひそめた。刀がどうこうというより、甲次郎の身を案じたのだ。

「怪我は？」

大丈夫だ、と、甲次郎は首を振った。

「少なくともおれはな。……向こうさんは、どうしようもねえが」

冷えた口調で言った甲次郎に、祥吾は何かを感じ取ったようだった。お前、と口にしかけ、隣に立つ千佐を見て、口をつぐんだ。

「……信乃はどないしてます？」

細い声で、千佐が尋ねた。

「心配はない」

祥吾は落ち着いた声で言った。

信乃は、雨の中を走ったことと、それ以上にひどい恐怖を味わわされたことで、祥吾に連れられて店に帰り着いたとたん、意識を失って倒れ込んだ。

宗兵衛はすぐに、かかりつけの蘭方医《らんぽうい》を呼んだが、医者は呆《あき》れたように言った。

「この体で雨の中を走るやて、無茶もええとこや。命がどないなってもかまへん者のやるこっちゃ」

このまま高熱でも出たら命の保証はできないと医者は言い、祥吾も、宗兵衛や伊与も真っ青になった。

ところが、当の信乃本人は、半刻《とき》もたたぬうちに目を覚まし、自分で寝床から身を起こすと、

「千佐ちゃんと甲次郎兄さんは？」

はっきりとした声で、まず、そう訊《たず》ねた。

「おれはその場にいたわけじゃないが、聞いた話では」

声も表情も、側についていた母親の伊与が驚いたほどにしっかりとしたもので、心配されていた熱も、普段と変わらぬままだった。

二人がまだ戻らないと知ると、自分も探しに行く、とまで言った。

さすがにそれは伊与が止め、とりあえずは大人しく床についているようにと諭し、薬を飲ませて横にならせたが、それからも、ずっと、二人を案じ続けていたという。

その話を聞いて、千佐は土間にうずくまった。

泣き声がこらえきれずに洩《も》れた。

信乃が無事だったのが嬉しかった。

信乃が、それほどに自分を案じてくれていたのが嬉しかった。

雨の中を走っても、それでも元気でいられるほどに、いつのまにか信乃が丈夫になっていたのが嬉しかった。

あの状況だ。

とりあえず、あたりから侍たちが完全にいなくなるまで、どこか近くの店に隠れてやりすごすこともできただろうに、信乃は千佐のために走ってくれた。

でないと千佐が殺されると思ったからだ。だから、雨の中を走ったのだ。

「さっきおれが顔を出したときも、二人のことを訊《き》かれた。甲次郎に任せておけば心配はないと言ったら、安堵したようだった。今は、ようやく眠ったようだが、二人が無事だと知れば、誰より喜ぶのはお信乃殿だろう」

おれは奉行所に戻る、と、祥吾は続け、

「利兵衛殺しに続いて、今度は拐《かどわ》かしだ。さすがに上役方も無視はできまい。二度とこんなことのないように、若狭屋のまわりには、町廻りの手の者を置くようにする。

「すまん。おれも、できるだけ、顔を出す」

「すまん。だが、お前さんも、あまり深入りはしないほうがいい」

「甲次郎」

「奉行所が深入りしてくれれば、おれもお縄になるだろうしな。それに……」

「お前が何をしてきたかは知らんが、人を斬ったことくらい、おれにもある」

「――」

「捕り物の最中に、やくざ者が幼い子供を人質に取った。一か八かで刀を抜いた。相手は死んで、子供は助かった。おれは悔いてはいない」

「そうか」

だが、奉行所役人が捕り物の最中に人を殺したのと、町人が刀を振るい、寺社奉行家中の侍を斬り殺したのでは、わけが違う。

悪いのは向こうだと言ったところで、奉行所はきかないだろう。

武士と町人の間には、それほどの差がある。

それでも、祥吾の気遣いに甲次郎は礼を言い、ならば今後のことも頼む、といった。

自分が人殺しとして牢に入れられることになれば、残された信乃や千佐を任せられるのは、祥吾しかいなかった。

翌朝、甲次郎が店の方を覗くと、驚いたことに、信乃が手伝いをしていた。

大丈夫か、と、さすがに甲次郎は気になって声をかけたが、信乃は、今までに見たこともないほどに生気のある表情で、大丈夫です、と応えた。

「昨日、祥吾様にも言われました。あれだけの雨の中を走って、それで大丈夫なんやったら、もう体が弱いから、て、びくびくしてることもない、立派なもんや、て」

「そうか」

祥吾がそんなことを言ったのも意外だったが、その言葉を嬉しそうに甲次郎に告げる信乃にも、少し、驚いていた。

祥吾は役人だから、千佐などは、どうにも構えて相手をしているきらいがあるが、世間知らずの信乃は、逆に、臆《おく》せず話ができるらしい。

「あの鳩も、もう飛べるみたいやったから、さっき、放してやりました」

信乃は続けて言い、甲次郎はさらに驚いたが、考えてみれば、もう、あの鳩に用はない。

何にしろ、信乃が元気そうなのはいいことだった。

自分も、今日一日くらいは、店にいたほうがいい、と甲次郎は思った。

昨日のような、力ずくの連中がやってきたとき、追い払えるのは自分だけだ。

祥吾が顔を見せてくれれば安心だが、そればかり頼っているわけにもいかない。

そんな気持ちもあり、甲次郎は、見張り番のように店先をうろついたりしていた。

往来に、見覚えのある姿が現れたのは、昨日以来の雲が切れ、晴れ間の見え始めた昼前のことだった。

まさか、と甲次郎は、一瞬、目を疑った。

供を一人だけ連れ、なんの気負いもなく、まるで旧知の商売相手のように訪ねてきたのは、あの泉屋の清太郎だったのだ。

清太郎は、甲次郎を見つけると、悪びれずに、馬鹿丁寧な会釈をよこした。

さすがに、駆け寄って締め上げてやりたい衝動にかられたが、甲次郎は、なんとかその感情を面に出さずに押しとどめ、その男の目の前にたちはだかった。

「何の御用ですかね、泉屋なんて大店《おおだな》の手代さんが」

いえいえ、と、清太郎は慇懃《いんぎん》に微笑した。

「こちらさんとは、少なからぬ縁がありますさかい。なんや、お嬢様方が災難にあわれたとか。そう聞いて、黙ってるわけにもいきまへん」

「……てめえ」

いけ図々しいにもほどがある、と、我慢しきれず、甲次郎は清太郎の襟首に手をかけようとした。

清太郎は、すっと一歩退《ひ》いてそれをかわした。

それから、他にも用がありまして、と、やけに芝居がかった仕草で懐に手を入れたと思うと、

「この間、こんなものを、往来で拾いましてな。そらもう、高価そうな品やし、放ってもおかれへんやろ、と思いましてな。持ち主を捜してるところなんですわ。……おや、どないかしはりましたか。お顔の色が変わられたようやけど」

清太郎が懐から取り出し、甲次郎の眼前に突きつけたのは、古い懐剣だった。

甲次郎の母の形見であり、この間、短銃で撃たれたときに、甲次郎が往来に投げ捨ててきたものだ。

瞬間、まだ治りきっていない腕の傷がうずいた気がし、甲次郎は低く言った。

「貴様、やっぱり、あのとき短銃を撃ったのは――」

「お話は、中でゆっくりさせていただけませんやろか」

口の端に、底の読めない笑みを浮かべながら、清太郎は言った。

「実は、私、この懐剣を昔お持ちになってた方のことも、多少は、存じてましまして

な。……まあ、泉屋と古いつきあいのあるお家の、綺麗な御方でしたけど」

そこで、ようやく、宗兵衛が二人に気づいたらしく、店の中から顔を見せた。

「おや、これはまた……」

さすがにそれ以上、言葉が続かないようだったが、その宗兵衛も、清太郎の手にある懐剣を見て、顔色を変えた。

二

清太郎は、災難の見舞いだと言って、まずは宗兵衛に、風呂敷包みに包まれた硯箱《すずりばこ》ほどの大きさのものを差し出した。

宗兵衛が中を開けると、舶来ものらしい、ギヤマン細工の箱で、なかには小判が並べられているのが、透けて見えた。

「ここまでたいそうなものをいただく理由が思い当たりまへんな」

宗兵衛は包みを丁寧に直しながら言った。

「そちらには、理由がおありのようやさかい、お話によっては、受け取ってもかまいませんけども」

それでも、と宗兵衛はまずは包みを押し返すと、上背のある背をそらし、清太郎を見下ろすようにして、続けた。

「話を全部、聞いてからにしましょか。そちらさんがお持ちの、その古い懐剣のことも」

それはもちろん、と清太郎は愛想よく笑った。

「若狭屋さんにとっても大事なお話でしょうなあ」

「まずは、なんでそれが、あなたの手元にあるのかをお伺いしたいところですわ。それは、うちの倅《せがれ》に持たせたはずのものや」

「おや、それはまた、不思議なお話で」

清太郎は、女中が運んできた茶に、ためらうことなく口をつけ、上目遣いで宗兵衛と甲次郎を等分に眺めた。

「これは、私の記憶に間違いがなければ、昔、酒井家の江戸屋敷におられた、とあるお女中のお持ちになっていたもののはずですけども」

「江戸屋敷……はて、ほんまにそうやとしたら、大坂の銅吹き屋の手代はんが、なんでそないなことをご存知なんやろ」

銅吹き屋と仰《おっしゃ》いますか、と清太郎は苦笑した。

天下の豪商泉屋の者と察しながら、銅吹き屋、と言ってのける宗兵衛に、さすがに不快さを感じたらしい。

　しかし、清太郎は、すぐに平然とした微笑を取り戻し、あらためて懐から懐剣を取り出し、自分の手の上でしげしげと眺めてみせた。

「もう、何年前のことでっしゃろ。かれこれ、二十五、六年は前のことになるんでしょうかなあ。これを作った職人が、銅吹き屋の江戸店にも出入りしとりましてな。まあ、うちの主人も、こういった細工もんがめっぽう好きやさかい、出入りの職人も多いわけですけど」

　それだけいるとお喋《しゃべ》りな男もいるわけで、と清太郎は含み笑いを浮かべた。

「これだけの見事な細工、できあがったのを自慢しとうなったんでしょうな。銅吹き屋の江戸店に来て、主人に見せびらかしましたんや。江戸屋敷にお住まいの、さる御方が、目をかけておられたお女中のご懐妊を祝ってお贈りになったものや——ていうて。螺鈿《らでん》の光も今よりもっとあでやかで、それは見事なものでしたわ。当時、まだ丁稚《でっち》やった私の目にも焼き付くほどに」

　言葉を切った清太郎は、もう一度、宗兵衛と甲次郎をながめた。

　それぞれの反応を確かめるように、目には鋭い光を湛《たた》え、もう笑ってはいない。

宗兵衛は何も言わなかった。

ただ、苦い表情で、その懐剣をながめている。

こらえきれず、甲次郎は言った。

「おい、その江戸屋敷のさる御方ってのは誰なんだ。あんた、知ってるんだろう」

「甲次郎」

一歩膝を詰めて身を乗り出した甲次郎を制したのは、宗兵衛だった。

「そないな話、本気に聞く奴があるか、阿呆らしい」

宗兵衛は言い捨てて、立ち上がった。

「そないな細工もん、どこにでもなんぼでもある。似たものを拵《こしら》えるのかて、簡単や。阿呆な話、聞くだけ無駄やったな」

そのまま部屋を出て行こうとする。

「ほう。それですますおつもりですか。そやけど」

清太郎は、ぐいと懐剣を握ると、宗兵衛の目の前に突き出した。

「これを今すぐに、私が、そのさる御方に差し出したら、どないなります？　その御方が、あるとき突然に江戸屋敷から消えてしもたお女中とその御子《おこ》を、ずっと探し続けてはったことは、若狭屋はんもご存知のはず。……下手《へた》すれば、拐かしになる話と違いますか」

宗兵衛が、立ちつくした。

そのまま部屋を出て行くかと思われた養父が、苦い顔でもう一度清太郎を見返し、やがて、再び腰をおろすのを、甲次郎は驚きとともに見た。

自分の実の父親が、自分のことを探していたのだとは、どういうことなのだ。

にもかかわらず、自分が若狭屋に育てられたのは、いったいなぜだ。

「……お話をしたいだけですわ、私も」

清太郎は、懐剣を膝に置き直すと、ひとつ咳払いをして、言った。

「ただ、そのために、使えるものは何でも使う。それを商売と思て、ここまで来ましたさかいな」

「でなければ、あれほどの店は支えられん、と」

「そういうことですわ。……実際、今も、泉屋は、喘《あえ》いでます。幕閣の地位を狙うある家の揉《も》め事に巻き込まれて」

「巻き込まれたとは言いぐさだな」

甲次郎は口をはさんだ。

「酒井家と泉屋は、初めっから手を組んでた。そうだろうが」

「けども、まったく利害が一致する、いうわけとも違いましてな。……そちらはんも、何かあるとすぐに乱暴な真似をしはるお侍衆には、困り果ててはるようやし、少しは判ってもらえるんと違うか、と思いますけど」

「困り果てたから、おれと一緒に撃ち殺して厄介払いしようとした、とでも？」

「そんなこともあったかもしれまへん」

認めやがった、と、甲次郎は舌打ちした。

同時に、目の前の清太郎という男が、どんどん、得体の知れない男に見えてくる。

そもそも、供に丁稚《でっち》をひとり連れただけで若狭屋に乗り込んできた、その度胸もたいしたものだ。

いくら豪商が背後にいるとはいえ、腕っ節では甲次郎にかなわないことくらい、自覚しているだろう。

（まあ、今も、短銃のひとつくらいは、懐に呑《の》んでやがるのかもしれないが）

いずれにしろ、度胸はたいしたものだ。

「まあ、何もかも、今日のうちに話をつけようとは、私も思てまへん。今日のところは、この懐剣の話をしたかっただけ。――ああ、それから、もうひとつ」

清太郎は懐剣を懐にしまうと、再び、いつもの微笑を口元に貼り付けて、言った。

「うちの主人は確かに銅吹き屋ですけんど、この銅吹き屋には、それなりの力、いうものがございましてな。言うてしまえば、金の力、いうことですけど、この使い道にもいろいろあります。たとえば、昨夜、長堀端で、とある名家の侍がひとり、町人に斬り殺されましてな。御家中が、奉行所をせっついて、すぐにも下手人を捜し出して引き渡せ、て、まあ、ちょっとした騒ぎになってるそうですわ。まだ内々の話ですけど。そういうことを、金の力でなんとか治める、いうのも、これまた、うちみたいな大店にしかできんことかもしれませんなあ」

清太郎の目が、まっすぐに自分に挑みかかっているのを甲次郎は察した。

同時に、自然に、自分の手に目が向く。

自分は人を殺した。この手で。

その罪を、目の前の男は、金の力でもみ消してやろう、と言っているのだ。

「今日のところは、これで失礼しますわ」

清太郎は立ち上がった。

「ただ、これだけは覚えといてください。うちらは商人《あきんど》。どれだけ大きな店を構えていようが、武家とは違います。そして、商人のやり方と武家のやり方は、結局は、重なりあうことはありません。――若狭屋さんにとって、何を選ぶのがいちばんええことか、ようお考えください」

言いたいことだけを言い、清太郎が去った後、残された親子に、言葉はなかった。

やがて、何も言わずに宗兵衛が立ち上がり、部屋を去るのを、甲次郎は黙って見送った。

一人残され、もう一度、甲次郎は自分の手のひらをながめた。

自分が何者なのか、どんどん判らなくなっていく。

武士の血を引いて生まれ、商人として育ち、そして、

(今は、単なる人殺しだ)

その罪までも、駆け引きに利用されるかもしれない。

甲次郎は力無く嗤《わら》った。

部屋の外でかすかな気配がしたのは、そのときだった。

振り向けば、泣きはらした目に、さらに心配そうな色を浮かべた千佐が、障子

の陰から甲次郎を見つめていた。

翌日の午後になって、祥吾が若狭屋に姿を見せた。

若狭屋を案じて、見回りにきてくれたようだった。

「お信乃殿は？」

店のことを一通り訊ね、変わりないと確認したところで、遠慮がちに祥吾はそう訊いた。

元気にしている、雨に濡れる前よりも元気なほどだ、というと、祥吾はほっとしたように息をついた。

よければ見舞ってやってくれ、と言うと、一拍おいてから、後でな、と祥吾は言った。

これまでならば、見舞う理由などない、と意地を張りそうなものだったがな、と甲次郎は友人を見直した。

いずれにしろ、祥吾がしばらく若狭屋にいてくれるなら、安心だ。

蕎麦屋《そばや》にあずけたきりの、野上村のお光のことが、甲次郎は気になっていた。

ならば後を頼むと祥吾に告げ、裏口から店を出ようとしたところで、甲次郎はふと気が向いて、庭から、母屋の千佐の部屋をのぞいてみた。

朝には、信乃と一緒に反物の仕分けなどしていた千佐だが、昼からは、お伊与が、娘たちは休むようにと部屋に帰したのだ。

昨日の疲れがあるだろうから、との気遣いからだったが、千佐は、おとなしく休むことはせず、部屋で裁縫などをしていた。

とはいえ、ぼんやりとしているようで、まるで手が動いていない。

縁側から甲次郎が声をかけると、はっとしたように顔をあげた。頬《ほお》が、まだかすかにはれている。殴られた後だ。

甲次郎は、一瞬迷ったが、外に行くからついてこないか、と誘った。

自分が一緒なら、少しくらい、千佐が店を空けても構わないだろうし、昨日、清太郎との会話を、千佐がどこまで聞いていたのか、確かめたい気持ちが甲次郎にはあった。

それに、今の若狭屋は、千佐にとって、必ずしも居心地のいい場所ではなさそうだった。

一昨日の一件について、奉公人のなかには、千佐の行動を責める者もいたのを、甲次郎も気づいていた。

「体の弱いお信乃お嬢さん一人に無茶させて……そら、大事なかったさかいよかったけど、あんな雨の中を走らせるやて、ひどいわ。少し間違《まちご》うたら命も危なかった、て、お医者さんも言うてはったやないの」

「そら昔は……千佐お嬢さんでも、店にいてくれれば、と旦那さまも思うてはったやろけど」

信乃の代わりに千佐を養女に、と話していた同じ口で、今は陰口を言うのだ。

千佐自身が、敵の手の中にひとり残ることでどれだけの恐怖を味わったか、考えようともしていない。

疲れているであろう千佐を、いたわってやりたかった。

むろん、自分と外に出ることで、千佐の心がやすらぐなら、なのだが。

どこに行くのか、と千佐は訊ねてきた。

「知り合いの蕎麦屋だ。この一件に関わる女をあずけてある。小浜から来た百姓だってんだが、あの佐七の女房で、いろいろ事情を知ってるようでな。女だから、おれだけで行くより、お前がいたほうが、話もしやすいかもしれねえし。店は二筋先の……」

そこまで言いかけて、甲次郎は、しまったな、と口をつぐんだ。

その店に、千佐と二人で出向くことは、二人にとっては、もうずっと忘れたふりをしてきた傷に触れることでもあった。

千佐も、その店がどの店なのか、甲次郎の表情から察したようで、一瞬、眉をひそめた。

当然、首を振るだろう、と甲次郎は思ったが、

「判った。叔母さんに断ってくるさかい、待ってて」

立ち上がった千佐は、いったん店のほうに姿を消すと、次には、髪に櫛《くし》をさして、下駄を履いて庭に出てきた。

「行こ」

先に立って歩き出した千佐は、やはり、甲次郎が行こうとしている店の場所を、ちゃんと覚えているようだった。

「大丈夫か」

甲次郎は、なんとなくそう口にしたが、答えはなかった。

黙ったまま、先に立って歩く千佐を、甲次郎が気まずく追いかけているうちに、じきに蕎麦屋にたどりついた。

そこでようやく、千佐は足を止め、先に入れ、というように、甲次郎を促し

た。

縄のれんをくぐり、常連客らしい職人たちと立ち話をしていた女将《おかみ》を甲次郎が手招きすると、

「ああ、若旦那」

女将はすぐに、駆け寄ってきた。

「もう三日も経つし、二階のお客さん、どないしはるつもりかと思ってましたんえ。せっかく大坂に来てはるんやから、どこか出かけはったら、て言うても、なんや、町中は怖いから、て言うて、じっと部屋のなかに籠《こ》もってはるし。気ぃ使《つこ》うてか知らんけど、うちの手伝いする、とも言わはるんやけど、言うたらなんやけど、お店に出て客が喜ぶような年齢とも違うから、せめて繕いものの手伝いでもしてもらおか、て……」

べらべらと一方的に喋っていた女将は、そこで、遠慮がちに暖簾《のれん》から顔を出した千佐に気づいたようだった。

あら、と言って、女将は、次々と女を連れ込んでいったいどうするつもりかというように甲次郎の顔をながめた。

「……ま、泊まり賃は旦那にいただいてますさかい、どうでもよろしけど」

蕎麦はいりまへんねやろ、と、念を押すようにいい、お茶だけ運びますわ、と女将は賄いの奥に消えた。

甲次郎は黙って肩をすくめ、千佐を振り返りもせず、無造作に下駄を脱ぎ捨て、二階へと続く階段をあがりはじめた。後ろで、千佐が、甲次郎の下駄を揃《そろ》え、そのあと、自分もついてくるのが判る。

前に来たときは、千佐が先に階段をあがり、甲次郎は、その足が震えているのを見ていたものだった。おそらくは、千佐も同じことを考えているだろう。

お光を泊めてもらっていたのが、そのときの部屋とは別の部屋で、まだよかった——そんなことを考えながら、廊下から名を告げ、入るぞ、と甲次郎は襖を開けた。

部屋のなかで、お光は、女将が言った通り、店の女中のものらしい前掛けの繕いものをしていた。

甲次郎の姿を見ると、若旦那、と、ほっとしたように言い、針をおろした。

「よかった。あれから今日でもう三日やし、何かあったんと違うかと思うて、気が気やなくて……」

そこまで言って、お光は千佐の姿に気づいた。

「そちらのお嬢さんは?」

「おれの親戚筋の娘だ。佐七と最後に会ったときにも一緒だったんでな」

「佐七と」

亭主の名を耳にし、お光の顔にさらに不安げな色が差した。

「それで、佐七のこと、何か、判りましたやろか?」

「……いや。まだ、だ」

甲次郎は、言葉を微妙に途切れさせながら言った。

佐七の死を、お光にはまだ知らせていない。そのことを、千佐に言い含めておくのを忘れていたと気づいたのだ。

だが、千佐は賢い娘だった。

佐七のことにはあえて触れず、お光さんが慣れない大坂で困ってはるんと違うかと思て、甲次郎さんに連れてきてもらいました、と言った。

「男のひとでは、判らへんこともあるやろし、何か困ったことあったら、なんでも言うてください」

「おおきに」

その後も、女中の運んできた茶を飲みながら、千佐は、お光に、旅の疲れは出ていないか、大坂の名物で食べたいものがあったら買ってくるから言ってくれ、などと気遣いにあふれた言葉を口にした。

優しい娘なのだ。いつも細々と信乃の世話を焼いているから、自然に、相手のことを思いやることができる。

お光と和やかに世間話を始めた千佐を見ながら、甲次郎は、この娘はさぞかしよい女房になるだろうな、と思った。

あらためて考えるまでもなく、信乃の体がこのまま快方に向かえば、若狭屋はもう、万一のことを考えて千佐を手元においておく必要はなくなる。千佐はそう遠くないうちに、故郷に戻ることになるだろう。

千佐ももう二十歳で、嫁に行くには遅すぎるほどの年齢だから、そうなれば、生まれた町ですぐにでも縁談は整うだろう。

千佐は、誰か他の男のものになるのだ。

そして、元気な子供でも産んで、いずれ、その子を、若狭屋に寄宿させてくれとでも言いにくるのかもしれない。

そのころには、当然、若狭屋は、甲次郎と信乃が継いでいる。

間違いなくやってくるであろう将来の絵が、しかし、甲次郎にはやはり、納得できなかった。

千佐が誰か他の男の子を産むことも、自分が信乃と夫婦になり若狭屋の旦那と呼ばれることも、だ。

(第一、おれは、商人の倅ではない……)

そのことが、また甲次郎の頭によみがえり、同時に、あの夜、無造作に投げ捨ててしまった懐剣のことも、思い出す。

泉屋の清太郎は、その元の持ち主を知っているといった。

同時に、その女に甲次郎を産ませた男のことも知っているのだ。

——その御方が、あるとき突然に江戸屋敷から消えてしもたお女中とその御子を、ずっと探し続けてはったことは、若狭屋はんもご存知のはず。

清太郎の言葉を、甲次郎は胸の内で繰り返した。

幼かった甲次郎を連れて、母は、甲次郎の父のいる屋敷から逃げた。

だから、幼い甲次郎の記憶のなかで、母はいつも怯《おび》えていた。追っ手が来ると判っていたからだ。

甲次郎は覚えている。宗兵衛が初めて訪ねてきたとき、母はひどく安堵した顔をした。すでに病床にあった母は、涙ぐんで宗兵衛を迎えた。

母との暮らしはほとんど覚えていないが、そのことだけは、くっきりと印象に残っている。

だから、幼い甲次郎もまた、宗兵衛に怯えず、母を亡くしたあとも、宗兵衛を父と慕うことができたのだ。

だが、その宗兵衛を、清太郎は拐かしだと決めつけ、宗兵衛も、明らかに、その言葉に怯《ひる》んでいた。

甲次郎の父親というのは、どれほどの男だというのだろう。

ふと思い立ち、甲次郎は、目の前の女に訊いてみた。

「あんた、小浜の村役人の家の者だって言ったな」

「へえ、そうですけど」

昔の話になるんだが、と甲次郎は前置きをし、

「村方の娘が、酒井家の家中の男の妾《めかけ》になった、って話を知らないか。小浜の城下に奉公に出ていたときに見初められて、江戸屋敷に連れて行かれたらしいんだが」

「村方て言われても……」

どの村の話か判らないのでは応えようがない、と、お光は口ごもったが、それ

でも、記憶をたどるような顔で考え込み、やがて言った。

「母親に聞いた、本当に昔の話ですけど……親戚の嫁いでた北池村ていう村で、似たような話がありましたわ。ただ、家中の方やなくて、連れて行ったのはお殿様や、て話でしたけど」

「殿様だと」

「へえ。今のお殿様です。まだ江戸から戻られたばかりの頃で、小浜のお城から抜け出して、側近の若い方々と城下にようお出掛けになってはったんやとか」

お光は、甲次郎の表情が硬くなるのに気づかず、確かあれは、と話を続けた。

「城下の呉服屋に、行儀見習いを兼ねて奉公に出てた娘さんが、たまたま、往来でお殿様とすれ違って、見初められた、て話でした。でも、見初めたていうても、その娘さん、大坂に奉公に出てた呉服屋の息子さんと言い交わした仲やったそうです。それでも、お殿様に目ぇつけられて、断ることなんかできませんから」

泣く泣く城にあがり、その後、江戸屋敷に連れて行かれたのだと、村にまで噂《うわさ》が流れた。

「で、その娘は、そのあと、どうなったんだ」

「さあ、そこまでは」

お光は首を振った。

「けど、確か、お殿様の御子を産んだあと、江戸屋敷から姿を消した、とか、そんな噂も聞いたことがあります。御子も連れてお逃げになったさかい、お殿様はひどくお怒りで、必死になって探さはったけど、結局、見つからずじまいやった、とか。そやさかい、今でも、家中では、江戸の町のどこかに殿様の隠し子がいるはずや、て、言う者もいるとか。……けど、本当かどうかは、判りません」

「……確かめようもねえだろうしな」

つぶやくように、甲次郎は言った。

まさか、とは思う。

宗兵衛は、自分の母を酒井家に縁のあったひとだと言い、父親を武士だと言った。だが、それだけだ。手がかりは他になく、お光の話だけで何かを推測するわけにはいかなかった。

あの、と、今度はお光のほうが、甲次郎に尋ねた。

「その後、泉屋の方とお会いにならはりました?」

「……いや」

本当は、清太郎と話をしている。それを伏せて、甲次郎は首を振った。

「そうですか。……あの、うちがもう一度、こないだのお宅にお邪魔するわけには行きませんやろか」

「この間の、って、泉屋の妾宅《しょうたく》か?」

そうです、とお光はうなずいた。

「だが、あんなところに行って、どうするつもりだ。佐七はあそこにはいないぞ。それはあんたも自分で確かめただろう?」

「それは、そうです。確かに、あの家に行ったとき、佐七の姿はみかけませんでした。けど……」

お光はそこで、いったん口ごもりながら、言葉をかみしめるように言った。

「あの家の軒先に、杖が置いてありました。それが、見覚えのある杖やったんです。佐七と一緒に、兄さんが出立するとき、実家の父が渡したもんにそっくりでした。昔、お伊勢参りをしたときに買《こ》うた杖で、長旅にはちょうどええから、って、兄に渡したんです。それが、あの家にあった気がするんです」

だから、もしかしたら、と、お光は両手を胸の前で握りしめ、言った。

「兄は、あの家のどこかに閉じこめられてるんと違いますやろか。……佐七も一緒に」

三

泉屋の妾宅に確かめに出向く前に、甲次郎は、千佐を若狭屋に帰した。

一人で放っておかれて心細げなお光には悪いと思ったが、千佐を蕎麦屋に残しておいては、帰り道が不安だった。また誰に狙われるか判らない。

若狭屋にいても安全とはいえないが、少なくとも、今は、祥吾が手先衆も動かして、見張ってくれている。そうそう、危ないことはないだろう。

「気ぃつけて」

千佐は、勝手口のくぐり戸を閉める間際、そう言った。

甲次郎は黙って手だけ振り、南久宝寺町に歩き出した。

歩きながら、懐に手を入れて、そこに匕首《あいくち》がおさまっていることを確認した。

大坂での商人暮らしに嫌気がさし、賭け事や喧嘩沙汰《けんかざた》に明け暮れながら江戸を目指した頃、ずっと持ち歩いていたものだ。

剣術の道場で修業していた身でも、町人であれば、刀を持って往来を歩くわけにはいかない。脇差しならば、とも思ったが、それは逆に惨めにも思え、結果、選んだのが、これだった。

江戸では、博奕場《ばくちば》に入り浸っていたから、往来でいきなり喧嘩を売られること も多く、丸腰で歩くことなど考えられなかった。

大坂に戻ってからは、さすがに持ち歩かなくなったのだが、それをまた懐に呑んで歩いているなどと、祥吾が知ったら、眉をひそめるだろう。今度ばかりはしようがあるまいと苦い顔をしながらも認めてくれるかもしれないが。

そこまで考えて、甲次郎はふと気になった。

酒井家家中の侍を斬り捨てた刀は、考えてみれば、祥吾が甲次郎に渡したものだ。

もしも、あの件で奉行所の調べが入ることになれば、刀を渡した祥吾にも、類は及ぶかもしれない。

むろん、だからといって、泉屋の手を借りてことを揉み消そうとすれば、その方がさらに、あの役務熱心で正義感の強い友人を怒らせるだろうが、いずれにしろ、自分には、このまま大坂で、のんびりと商人になる道など、もうないのかもしれなかった。

(それはそれでいい)

そのときは、またふらふらと旅にでも出るだけだ、と甲次郎は思った。

だが、それは、この一件が解決してからだった。でなければ、安心して町を離れることなどできないし、何より、自分で納得ができない。

お光には可哀相だが、佐七が生きているとは思えない。公事宿《くじやど》の者が首をくくったところを見ているのだ。

しかし、良蔵は、生きている可能性があった。

ならば、生きているうちに助け出したい。

銅山の悪水に耐えかねて話し合いに来た、それだけのことで、殺されてしまったのでは、あまりにも非道すぎる。

南久宝寺の二階家は、前に来たときと同じく、外にまで三味線の音が聞こえていた。

泉屋の主でも来ているのならば、いっそ好都合だとも思ったのだが、外からうかがう限りでは、その様子はなかった。三味線は、誰かに聴かせているというより、妾がひとりで稽古しているといった調子で、同じ曲を弾き続けている。

甲次郎は、表玄関から訪《おとな》いを入れるのは避け、勝手口に足を向けた。

土間に続くくぐり戸を開け、中をのぞき込むと、たすきがけで両手に洗濯物を抱えた若い女中が、怪訝《けげん》そうに振り返った。

「どちらはん?」

「手代の清太郎さん、今日はお見えじゃないかい」

甲次郎は、愛想のいい笑顔を娘に向けながら、いかにもその男と親しい仲であるように問うた。

「手代はんは、今日はまだいらしてませんけど」

「まだ、か」

ならば、いずれは来るということだ。

そうか、ちょっと早かったな、とうなずきながら、甲次郎は女の抱えた洗濯物に素早く目を走らせた。

男ものの着物が、なかにある。

むろん、妾宅なのだから、旦那の着物が洗濯物のなかに混じっていても不思議はないが、泉屋の当主が着るには、それは、地味な木綿ものに思えた。

「あの……どちらはんですか?」

女中は、もう一度、訊いた。

「ああ、悪い。若狭屋って店から来たんだが、こっちに、小浜からの客人が泊まってるだろう？　そのことで、清太郎さんに話があってな」

かまをかけてそこまで言ったあたりで、女中の表情が変わった。

「あの……うちにはそんな方、いてはりませんけど」

首を振りながら、ちらちらと家のなかに目をやる仕草は、あきらかに、狼狽《うろた》えている。

（いるんだな）

お光が見抜いた通り、良蔵はここに捕らわれているらしい。

だが、女中は、それを隠すように命じられているのだ。

「悪いが、あがらせてもらうぜ」

甲次郎は下駄を脱ぎ捨て、土間から台所に上がり込んだ。

「ちょっと……ちょっと待ってください」

悲鳴に近い女中の声を振り切って、甲次郎は三味線の音が聞こえる座敷へと、乱暴に踏み込んだ。

勢いよく襖を開け、仁王立ちで部屋のなかに目を走らせた甲次郎に、

「――なんです、あんたはん」

三味線を弾いていた年増女が、きつい口調で言った。

その向かいで、男が一人、床柱にもたれこんで、朝から杯を手にしている。

部屋に酒の匂いがこもっていた。

甲次郎は眉をひそめた。

泉屋の妾のもとでくつろいでいる男とはいえ、目の前の男が泉屋の主などでないことは明らかだった。

男は、町人髷《ちょうにんまげ》を結ってはいたが、顔は日に焼けて黒く、出職《でしょく》の職人か、あるいは、百姓仕事の者にしか見えなかった。杯を持つ手も節くれ立って、商人のものではない。

佐七と同じ匂いがし、そして、何より、面差しがどこか、お光に似ていた。

「——お前、良蔵なのか?」

まさか、との思いがあった。

佐七は泉屋の事件がらみで殺されている。良蔵も、妾宅にいるとしても、閉じこめられ、監禁されているのだと思っていた。

なのに、目の前の男は、女に三味線を弾かせて酒を飲んでいる。

「何や、お前」

男の顔に、怯えに似た色が走った。

「おれは佐七の知り合いだ。佐七の女房のお光とも知り合いだ」

「佐七——お光やて？　なんでお光が来てるんや」

良蔵は狼狽えながら甲次郎の背後を見た。今、ここに、お光も来ていると思ったようだ。

その間に女が甲次郎の脇をすり抜け、部屋を出て行ったが、甲次郎は構わなかった。

「佐七とお前を捜しに来たんだ。なのに、お前はひとり、こんなところで何をやってるんだ。お前、村の者が困っているのを何とかするために大坂に来たんじゃなかったのか」

「それはそうや。……けども」

「けども、なんだ。そうやって泉屋の女のもとで酒浸りになって——いったいどういうつもりなんだ」

「儂《わし》は……ただ、泉屋さんと話し合いをしたら何とかなる、と思て、ここにいるだけや。清太郎さんとは、ちゃんと話もしてるし、銅山のことも……」

「話？　これのどこが話だ。接待を受けてるだけじゃねえか。何考えてんだ、てめえ。相棒の佐七が殺されても知らん顔で、それで恥ずかしくねえのか」

良蔵が酷《ひど》い目にあっているのではないか、佐七も一緒にとらわれているのではないかと、心の底から案じていたお光の顔を思い出すと、甲次郎は怒りがこみあげるのを抑えきれなかった。

「佐七が――殺された?」

良蔵の手から杯が落ちた。

「まさか。そんな……」

「本当のことだ」

甲次郎は怒りのままに怒鳴った。

「公事宿で首をくったとされているが、実際には殺されたんだ。やったのは酒井家の連中だ。……おおかた、佐七はお前と違って、泉屋の誘惑に乗らなかったんだろう。だから佐七は殺され、お前は、こうやって、女と酒か」

「……佐七」

良蔵は、嘘《うそ》だ、と叫び、いきなり立ち上がった。

酔いに足下をふらつかせながら、そのまま部屋を出て行こうとする。

甲次郎は、その腕をつかんだ。

「おい、どこに行く」

「浅野屋だ。佐七に会う」

「だから言ってるだろう。佐七はもういねえ。殺されたんだ。泉屋と酒井家に」

「そんなはずあるか！」

良蔵が怒鳴って、甲次郎をにらみつけた。

「酒井の殿様はともかく、泉屋さんは言うたんや。野上銅山を閉山したいと思ってるのは、村の人間だけと違う、泉屋も同じや、て」

「何だと」

「あんな悪水を垂れ流す銅山を、酒井家のいいなりに動かし続けることには、泉屋さんも、本音では反対なんや。けど、、相手は殿様や。そう簡単には主張は通らへん。ほなら、ここは儂ら百姓も、泉屋さんと一緒になって、なんとか酒井の殿様を動かせんか、その策を考えたほうがええ。そやさかい、儂はこうやって、清太郎さんと——」

「ふざけるな！」

甲次郎は力任せに良蔵の顔を殴りつけた。

良蔵は部屋の真ん中に倒れこんだ。

が、すぐに半身を起こして叫び返した。

「本当や。あんた、いったいどこの誰だか知らんけどな。儂には判ったんや。小浜にいたころは、金持ちの大坂商人や、ていうだけで、お侍と同じ横暴な連中だと思てたけどな。大坂に来てみたら、そうやなかった。泉屋さんは、ちゃんと話を聞いてくれた。そして判ったんや。商人も、儂ら百姓と同じや。侍連中のむちゃくちゃなやり方に逆らうことができんから、どうしょうもなく従《しだご》うてるだけや。それやったら、そっちと手ぇ組んだほうが、ずっとええ」

良蔵は、口の端から流れた血を拭いながら、立ち上がった。

「え。あんたも大坂商人なんやろ。やったら判るんと違うか。佐七みたいに、金持ちはみんな敵や、って片意地はるより、弱い者どうし手を組むほうがええに決まってる」

ふざけるな、と、もう一度、甲次郎は怒鳴った。

「豪商泉屋の、どこが弱い者なんだよ！」

「――弱い者ですわ。少なくとも、武士に比べれば」

甲次郎の怒鳴り声に静かな声音《こわね》で応えたのは、良蔵ではなかった。

振り向くと、そこに、清太郎がいた。

甲次郎は反射的に身構えたが、清太郎は軽く両手をあげ、言った。

「ここで争う気はありませんよ、少なくとも、あなたとは。甲次郎殿」

四

座って話をしましょう、と清太郎は甲次郎を促した。

後ろには、さっき部屋から逃げていった女が控えている。手にしているのは三味線とばちだが、いざとなったらそれを武器にして目の前の手代を守るくらいの力はありそうだった。身構え方が違う。

町中で短銃をぶっぱなす連中だ。油断はできない。

「お互いに、話したいことは、ぎょうさんありますやろ?」

「その前に、こいつに本当のことを教えてやれよ」

甲次郎は、懐に手を入れ、いつでも匕首を取り出せるように構えながら、あごで良蔵を示した。

「何も知らない百姓を酒と女でたぶらかしてる間に、仲間の佐七はとうに自分たちが殺した、ってな」

「……本当なんか、清太郎さん」

すがりつくような目で、良蔵はわめいた。

清太郎は目を細め、取り乱す百姓を冷ややかに眺めていたが、やがて、ふっとひとつ息をついて言った。

「殺したのは私らや無《の》うて、酒井家の連中です」

「じゃあ、どっちにしろ、死んだ……」

「亡骸《なきがら》は、蔵屋敷の方々に頼まれて、うちで始末しました。間違いはおまへん」

声にならない悲鳴が、良蔵の口からもれた。

次の瞬間、良蔵は奇声をあげて清太郎につかみかかろうとしたが、その瞬間、床に転がっていた徳利に足をとられて転んだ。

うめき声をあげてうずくまった良蔵は、そのまま、顔をあげず、ただ唸《うな》るような声だけを漏らした。泣いているようだった。

その背に、冷ややかに、清太郎は言った。

「良蔵はんも、あのまま、私らの言うことをきかずに公事宿にとどまってはったら、同じ目に遭《お》うてました。私らは、それを救った。あんたはぎりぎりのところで命を拾った。何も責められる話と違います」

「だが、仲間を見殺しにしたじゃねえか」

「それは結果、たまたまそうなっただけですわ。第一、私らは、佐七はんかて説得しようとしました。けど、それを拒んだ。しょうがありませんやろ」

「冗談じゃねえ」

甲次郎はとうとう我慢できず、懐から匕首を取り出した。

「お前のその取り澄ました面《つら》見てると、虫酸《むしず》が走る」

「だから殺すわけですか」

清太郎は、眼前に刃を見ても、微動だにしなかった。

「つまり、所詮は、あんたも酒井家のお侍衆と一緒や、ちゅうことですな」

「……………」

「もっとも、甲次郎殿は、本当にお侍の血を引く御方。所詮、百姓や商人のことはお判りにならんのかもしれまへんけど」

「おれは商人の倅だ」

「さて。本気でそう思ってはるんかどうか」

ともかく一度座って話しましょ、と、もう一度、清太郎は言った。

そして、自分がまず、部屋の入り口にそのまま腰をおろした。

「良蔵さんの話、少しは聞きはったんでしょう。ほなら、私らの店が、本当は誰の味方なんか、もう判ってはるはずや」

「泉屋は本当は野上銅山から手を引きたい、って話か。おれが信じると思うのか?」

「商人の倅や、てさっき言わはりましたな。ほなら、判ってもらえるはずです」

清太郎は上目遣いで甲次郎を見据えた。

「たとえ豪商泉屋といえど、相手が老中にもなろうかというお大名では言いなりになるしかない。今回の件かてそうです。野上銅山は、とうの昔に終わってしもた山。あんな枯れ果てた銅山、どこの商人が好きこのんで手を出しますか」

「だが泉屋は、喜んで関わってるじゃねえか」

甲次郎は匕首をしまい、清太郎の向かいに腰をおろした。

「それをどう説明する?」

どうもこうも、と清太郎は笑った。

「ご存知かどうか知りませんけど、酒井家は、今、泉屋にぎょうさんの借財を持ってます。うちの店は、他所《よそ》の両替商とは違って、大名貸しのような危ない商売にはなるべく近寄らんようにしてますけど、今のように、銅山をめぐって深いつながりができてしまえば、借金の申し込みをむげに断ることもできなくなってしまうんですわ。ならば銅山にも手ぇ出さんかったらええようなもんやけど、相手は寺社奉行兼奏者番の職にあるお偉い方。そこから直々に銅山開発をやれと言われれば、形だけでも手を貸すほかありまへん。……けども、酒井家の本当のねらいは、銅山から利益を得て財政を潤すこととは違います。銅山の運営に関わらせてやった、と恩を着せ、私ら泉屋から、借財を引き出すこと。それだけです」

それだけです、と言い切ったとき、清太郎の顔には、初めて、険しい表情があらわになった。

それまで、愛想のいい笑顔しか見せなかった男が初めて見せた本音だとは、甲次郎にも伝わった。

だが、と、甲次郎は一つ息をついてから、低い声で言った。

「泉屋も、野上銅山からは、相当の儲《もう》けを得ているんだろう?」

「そやさかい、繰り返し言うてますやろ、頭の固い御方やな」

清太郎は呆れたように言った。

「野上銅山が、実際には使い物にならない屑山やということは、私らだけでなく、酒井家勘定奉行の島崎様も、十分、判ってはりますわ。ただただ、泉屋から金を引き出すため、大名貸しの嫌いな泉屋を、酒井家の金蔵として縛り付けるため、銅山を一緒にやってるんやと形を作りたいだけですわ。私ら泉屋は、別子銅山ほか、優良な銅山をぎょうさん抱えてるんです。それを、なんで今更、あんな山に手を出す必要があるんです。今すぐにでも手を引きたいくらいですわ。商人の身で武家に逆らうことができるなら」

甲次郎は黙った。

目の前の男の言うことを、どこまで信頼できるのか判らなかった。

豪商泉屋の本宅を、甲次郎は見たことがある。

それは、小浜藩の蔵屋敷などよりも、数倍の富を内に蓄えた邸宅に見えた。

大坂には、泉屋のほかにも、いわゆる豪商と呼ばれる家はある。

今橋あたりにいけば、大名すらその機嫌取りに奔走するという豪商が軒を連ねている。

鴻池善右衛門《こうのいけぜんえもん》を筆頭とする両替商鴻池一族。平野屋五兵衛《ひらのやごへえ》や天王寺屋五兵衛《てんのうじやごへえ》。

みな、天下の台所と呼ばれる経済の中心地、大坂の町を牛耳る豪商たちだ。

それぞれが、相手が大名旗本であろうが怖いものはないのだと、悠然と商いを営んでいるように見える。

(だが——)

実際、それら両替商とて、近頃では、次々に公儀から命じられる御用金の請求に青ざめているともいう。

　金持ちなのだから五千両であろうと、一万両であろうと、用意できるであろう、と命じられれば、商人は、言われたとおりに上納するしかないのだ。断ることなどできはしない。武家の機嫌を損ねれば、どんな報復があるか判らない。

　実際、島津《しまづ》家などの大藩は、これまで積み重ねてきた借財の一方的な棄却を両替商につきつけ、それを、「藩政の改革」のひとことで済ませようとしている。清太郎が、大名貸しを、危ない商売だというのは、そういう事例を見てきているからだ。

　そんなむちゃくちゃな真似をされても、何も言えないのが商人なのだ。

　それよりは、ただただ相手の言うままに、怒らせないように、従いつづけるほうが、まだましであるのかもしれない。たとえ利益にもならない銅山開発を押しつけられたとしても。

「けれど、私らかて、おとなしゅう従《したご》うてるだけ、というわけにもいきません」

　清太郎の顔に、いつもの薄笑いが戻ってきた。

「そやさかい、野上銅山からどうしたら逃げられるか、考えました。そして判ったことは、ただひとつ野上銅山を閉山に持ち込める手があるとしたら、それは、騒動が起こることや、いうこと、です」

「騒動だと?」

「そうです。もうご存知やろけど、かつて明和の頃に野上銅山がいったん閉じられたのは、悪水の問題で百姓が騒ぎ、公儀に訴える騒動になったからです。それは、大名家にとって、手痛い傷になるんですわ。特に、酒井様のように、出世を望まれる方にとっては、落とし穴になりかねません。自分の領地も満足に治められない者に幕閣の職務がつとまるか……政敵が必ずそう言って、揺さぶりをかけてきますから」

だから、私らと良蔵さんは利害が一致するんです、と清太郎は目の前にうずくまったままの良蔵に視線を投げた。

「百姓たちが、悪水の垂れ流しをもっと大きな騒ぎにしてくれれば、野上銅山は再び閉山できる。……そやけど、それには、村の代表が二人して大坂に直談判に来るくらいでは、まだ足りんのです。もっともっと大騒ぎになってくれんと」

もしかして、てめえ、とそこで甲次郎はあることに気づいた。

「佐七と良蔵が、大坂に出てから一ヵ月、音沙汰なしだったってのも、お前らの企《たくら》みなのか。それで、百姓たちを不安にさせ、地元の騒ぎを大きくさせようと」

「少し細工しただけです。二人の動きは初めから見張ってましたから」

小浜に送る文を、飛脚屋に金をつかませて横取りした、と清太郎は言った。

黙ってうずくまっていた良蔵が、体をぴくりと震わせた。そこまでは知らされていなかったらしい。

「二人からの連絡がなければ、村方は騒ぐでしょう。騒ぎが起きかけているとは、向こうにいる店の者からうちに何度か文も届いてましたし、蔵屋敷にも伝わってるようで、ああ、これはもう少しやな、と私は安心してました。もう少しで計算通り騒ぎになる、て。そやけど、ま、蔵屋敷のほうは、少しばかり慌てすぎてしもて、それで、佐七さんはあんなことに……」

「おい、ちょっと待て」

甲次郎はそこで、清太郎の言葉を遮った。

「おれには、前々から不思議だったことがひとつある」

「なんです」

「おれがこんな事件に巻き込まれるきっかけになった、あの鳩のことだ。あの鳩には確かに文がついていた。だが、たいした内容のものじゃなかったし、おれや佐七があれを見たとしても、酒井家としては何も困ることはない、って程度のもんだった。だが、やつらはやっきになって鳩を取り返そうとし、佐七を殺し、利兵衛を殺した。……それもすべて、あんたが裏で煽ったからじゃねえのか」

鳩を甲次郎が手に入れたとき、すぐに若狭屋にやってきたのは、清太郎だった。

甲次郎は、裏で何が行われているのか判らないまま、清太郎を追い返した。

あのあと、もしも、清太郎が、酒井家に出向き、事実と違ったことを告げていたとしたら、どうだっただろう。

たとえば、甲次郎がすでに佐七や良蔵とつながりを持ち、野上銅山の件で酒井家にとって不利な事実を市中に広めようとしている、といった嘘八百を、だ。

だとしたら、酒井家は、多少、強引なやり方をしてでも、甲次郎を押さえ込もうとしただろう。利兵衛殺しは、だから、起きた。

だが、甲次郎はそれでおとなしくはならず、さらにむきになって動き回り——結果として、ますます、騒ぎは広がった。娘たちは拐かされ、甲次郎は、小浜藩士を一人、手にかけることになった。

それもみな、清太郎の策略だったとしたら、どうだ。

とにかく野上銅山に絡んだ騒ぎを起こし、公儀がかぎつけ、酒井家が慌てて銅山を閉じざるを得ないほどの事件にふくらませることを、狙っていたのだとしたら、どうだ。

「そうだと言ったら、どうなさるおつもりで。若君」

清太郎は、最後の一言を、力をこめて口にした。

甲次郎はとっさに応えられなかった。

応えられぬまま、再び匕首を手にした。

自分のしたことは、すべて目の前の男の願った通りだった。そのことに、怒りとも苛立《いらだ》ちともつかぬ感情がわき起こり、自分は今、憤怒の表情になっているはずだと思った。

だが、それを見ても、清太郎の表情には、まるで怯えがなかった。

甲次郎が刃を向けた酒井家の者たちの誰とも違う覚悟を持って、甲次郎に対峙《たいじ》していた。

どれだけそうしていたか。甲次郎は、ふいと目をそらして刃を引いた。

「どうしました。私を殺すんと違うんですか」

「そんなことをしたら、お前の思うつぼだ。泉屋の手代が殺されれば、さらに騒ぎが大きくなる。泉屋に銅山から手を引く恰好《かっこう》の理由をやることになるからな」

そこまでお前に手を貸してやる義理はない、と甲次郎は言った。

「おい、こんなところに長居は無用だ。行くぞ」

言いながら良蔵の襟首をつかみ、無理矢理に立ち上がらせた。

待っていたように、清太郎が、後ろの女に指示を出した。

「良蔵さんに荷物を用意して差し上げ。着替えもな」

良蔵さん、こちらへ、と言われるままに、良蔵はふらふらと女について行く。

大丈夫か、と甲次郎も案じてその後を追いかけようとしたとき、清太郎が甲次郎を呼び止めた。

「父君が近いうちにこの町にいらっしゃるのをご存知ですか」

「なに」

「あなたの父君です。おそらく、近いうちに、大坂で暮らさはることになるはずです。大坂城代として」

「――」

「あの御方が狙《ねろ》てたのは老中の席。……とはいえ、寺社奉行から一足飛びに老中になるのは、いくら金をつんでも、さすがに無理やったみたいで、次の大坂城代に内定したそうですわ。うちとしても、そら厄介なとは思てますけど。本家のすぐ近くに、あの強欲な殿様がお見えになるとなれば」

「もしもおれの父親がその男だったとしても」

甲次郎は、清太郎を振り返った。

「おれには関係ない」

「さて、それで通りますかどうか」

清太郎は笑った。

「お殿様は、百姓の出やったあなたさまの母上を、いまだに捜してはるくらい、未練がましい御方ですさかいなあ。幕閣に名を連ねようというお大名は、さすがに気が長いと感心してますわ。酒井家のことは、いずれ、すべて、あなたにも関わってくる。これだけは、言うておきます」

甲次郎は、その言葉を無視して土間に向かった。

勝手口の手前に、まだふぬけになったような顔の良蔵が待っていた。

「お光のところに連れて行ってやる」

そう言うと、良蔵はびくりとしたように顔を背けた。

「お光はまだ、佐七の死を知らない。お前から、話してやることだ」

その役目を良蔵に押しつけることで、自分は責めを負うことから逃げているのだと甲次郎は思った。

あのとき、蔵屋敷の前で、甲次郎が騒ぎを起こさなければ、佐七は殺されなかったかもしれないのだ。

だが、甲次郎自身、今、耳にしたことを受け止めるのに、精一杯だった。

（……父親が、大坂に来る）

清太郎の言葉がよみがえる。

大坂城代といえば、大坂でもっとも権力を持つ存在だ。

京都に、町奉行のほかに、京都所司代が存在するようなものだ。

大坂で町政を司り、町人の支配を行うのは町奉行と配下の役人たちだが、権力の構図としては、大坂城代は、さらにその上に立つ。

むろん、実質的に町を動かすのが奉行所であることは動かしがたい事実だが、格としては、城代の方がはるかに上だった。

大坂町奉行は旗本が着任するが、城代になるのは大名と決まっている。

甲次郎は、良蔵の背を押すようにして往来に出た。

まだ夕日が空に明るかった。

言葉もなくお光の元へと歩き出しながら、甲次郎は、ぼんやりと、見慣れた町並みを見つめた。

大坂の町人は歩き方が速く、かわす言葉も速い。一瞬の無駄がそのままひとつかみの銭を逃すことになるとばかりに忙《せわ》しなく動く。この町を飛び出した頃には、そんなことにすら嫌気がさしていた。

そして、大坂を出て、東海道を江戸に向かった甲次郎の胸にあったのは、江戸に行けば、あるいは父親の手がかりがあるかもしれない、との思いだった。

自分が武士であるというなら、その出自《しゅつじ》を、知りたかったのだ。

（……なのに、その親のほうから大坂に来やがるとはな）

甲次郎は嗤った。

その事実が、少しも嬉しくないのがおかしかったのだ。

第六章　敵か味方か

一

二日後、昼過ぎに、丹羽祥吾が若狭屋に顔を見せた。

まずは、店の隅で宗兵衛と、先日の拐《かどわ》かしの一件について話をしていたが、その後、母屋《おもや》に来て、信乃を見舞っているようだった。

見舞いといっても、信乃はあの後、結局、熱を出すことも寝込むこともなかった。千佐や伊与が、信乃はまわりに気を遣わせまいと無理をしているのではないかと案じるほど、元気だった。

それどころか、あれだけの過酷な経験をしても倒れることのなかった自分の体に自信を持ったようで、近頃では、琴を弾いたり書物を読んだり、時折は、女中頭に頼んで、台所仕事などにもいそしんでいる。

祥吾を相手にも、馴染《なじ》みの貸本屋が持ってきたばかりの新しい稗史本《はいしぼん》の話などをしているようで、楽しげな笑い声が、部屋からは聞こえていた。

甲次郎は、離れの濡れ縁にごろりと横になり、空を見上げてため息をついた。

蕎麦屋にあずけたままのお光と良蔵はどうしただろう、と思う。

様子を見に行くべきなのだろうが、どうにもその気になれない。

「疲れているようだな」

声がして、顔を向ければ、庭をまわって、祥吾が姿を見せていた。

「信乃はどうした。話をしてたんじゃなかったのか」

「挨拶《あいさつ》をしただけだ」

女子供ではあるまいし、話をしてどうする、と祥吾は心外そうに言った。

そうか、と言っただけで、甲次郎は身を起こした。

「そういえば、お前に礼をいってなかったよな」

「何の礼だ」

「信乃を助けてもらった」

「おれは奉行所同心だ。拐かしがあれば、助けるのは当たり前だ」

「……そうか。そうだな」

祥吾は黙って、甲次郎の隣に腰をかけた。

実は今回の件だが、としばしの間をおいて、祥吾は口を切った。

「本格的に取り調べを行うのは、難しくなるかもしれんのだ。……実は、酒井家の当主が、次の大坂城代になるという噂《うわさ》がある。御奉行もそれを聞いているから、酒井家のことには深入りしたくないのだ」

「ああ、そりゃそうだろうな」

「お前、知っていたのか。酒井忠邦公が大坂城代になることを」

「泉屋の手代から聞いた」

「なんだと」

祥吾は目をむいた。

「お前、まさか、またひとりで奴らに会いに行ったのか」

「しょうがなかったんだよ、成り行きで。別に長堀に乗り込んだ訳じゃねえ。妾《しょう》宅《たく》の方だから、特に危ないこともねえと思って……」

そこまで言ってから、甲次郎は、まだ祥吾には、お光のことも、良蔵のことも話していないことに気が付いた。

やはり、一度、あの二人と祥吾を引き合わせておいた方がいいだろう。

甲次郎が祥吾にその話をすると、祥吾は、難しい顔になって言った。

「その二人、早めに、会所かどこかに身柄を移した方がいいかもしれんな。下手《へた》をすれば、佐七の二の舞だ」

「そう簡単には見つからねえ場所だと思うが」

「甘いことを言うな。相手は大物だ。どこから手を回してくるか判らん」

厳しい声音《こわね》で言われると、それもそうかもしれないと思った。

泉屋の妾宅から良蔵を連れ出したときは、いろいろと頭が混乱していたから、後をつけられていても気づかなかった可能性もある。

「そうだな。今から行くか」

甲次郎は、立ち上がった。

祥吾も腰を上げ、庭から勝手口にまわろうとした。

そこで、甲次郎の耳に、千佐の呼ぶ声が届いた。

何やらひどく慌てた様子で、千佐が離れに駆け込んできた。

甲次郎さん、と、もう一度名を呼んだ後、千佐はそこに祥吾もいることに気づき、ためらうように声を潜めた。

「あの……勝手口に、お蕎麦屋さんの女将《おかみ》さんが来てはります」

「蕎麦屋?」

「あのお蕎麦屋さんです。前にうちも会わせてもろた、あの、お光さんとかいうひとのことで話がある、って」

千佐は言いながら、祥吾をちらちらと見た。

いいから続けな、と甲次郎が促すと、

「お光さんと、連れの方が、荷物も何もかも置いたまま、姿を消してしもた、って。それだけやのうて、もう戻るつもりはないから、せめて荷物を売り払って宿賃に代えてくれ、って書き置きがあったって」

「なんだと」

甲次郎は、祥吾と顔を見合わせた。

嫌な予感がした。

甲次郎と祥吾は、離れの部屋に千佐を残し、庭から勝手口に走った。

勝手口の外で待っていた女将は、甲次郎の顔を見るなり、困りますわ旦那、と言った。

「気晴らしに二人で近くのお店にお土産もんでも買いに行く、て言わはるさかい、特に気にもしてへんかったのに、部屋に行ったら書き置きがあって。困りますわ。なんや、ややこしいことに関わってるんと違いますやろな、あの二人。どこぞで心中でもされて、それがうちの客や、てことになったら、商売に差し支えます」

「おい、最後に見たときの二人は、心中でもしかねない様子だったのか」

「そないなわけとは違いますけど、でも、一昨日やったか、夜遅うまで、泣き声まじりで話してるのが聞こえたし……第一、初めから、何か訳のありそうなひとでしたやろ」

(夜中まで泣き声で話していた、か)

良蔵は佐七の死を知らされ、茫然自失だった。

その良蔵を、すぐにお光に引き合わせたのは甲次郎だった。

やはりそれが失敗だったか、と悔やむ気持ちが湧いた。

だが、同時に、甲次郎は、二人が心中などするはずがない、とも思った。

佐七も良蔵も、そしてお光も、村を助けるために、はるばる大坂にまで出てきたのだ。

相手が藩の有力者である勘定奉行や、大店《おおだな》の泉屋である以上、あるいは命がけになるかもしれない、と覚悟もしていただろう。

それが、目的が果たせそうにないからといって、兄妹で無為に命を絶つなど考えられなかった。

命をかけるなら、もっと別のことにかけるだろう。

たとえば、手討ち覚悟で藩主の前に駕籠訴《かごそ》をするといったようなことに、だ。

だが、駕籠訴をするにしても、ここは大坂で、藩主は今、江戸屋敷にいるはずだった。

（まさか）

甲次郎は、はっとなって、祥吾を見た。

案の定、祥吾は、何か言いたげな様子で、甲次郎に目配せしている。

とにかく、女将を帰らせろと合図しているのだ。

甲次郎はもう一度、悪かったな、と女将に謝り、

「宿賃はおれが払う。大丈夫だ。厄介なことにはならねえよ。何かあったら、このお役人様がなんとかしてくれる。おれも明日にはまた顔を見せるから、今日のところは、とりあえず、帰ってくれねえか」

「そやけど旦那、うちらかて商売で」

「あの」

納得しようとしない女将に、遠慮がちに声をかけた者があった。

千佐だった。

勝手口から顔をのぞかせ、甲次郎が止める間もなくそっと女将に歩み寄った千佐は、袖に隠すようにして、何かを握らせた。

「今日のところは、これで堪忍してください。残りは、また、後から、必ずお届けしますさかい」

「あら。まあ、そんな、お嬢さんにまで気ぃ遣わせて。すんまへんなあ」

女将の顔がころりと笑顔に変わったところを見ると、それなりの金額を包んで渡したのだろう。

ほならまた、と女将はきびすを返し、あっさりと去っていこうとした。

その背を見送ろうとして、甲次郎は、ちょっと待て、ともう一度、女将を呼び止めた。

「二人が残した書き置きってのは、今は持ってないのか」

「そんなん店に置いたきりですわ。けど、さっき言ったことのほか、何も書いてませんでしたで」

「じゃあ、二人が出て行くときに、何か気になることを言わなかったか。何でもいいんだ。前の日でもいい。誰か、二人に客が来ていたとか、そんなことでも」

「ああ、それなら」

女将は首をかしげながら言った。

「お客とは違いますけど、文は来てました。近くの飛脚屋の遣いで」

「なんだと。誰からの文だ」

「そないなことまで、知りませんわ。そやけど、そのあと、確か、道を訊《き》かれました」

「道? どこへ行く道だ」

「天王寺さんです。お参りしたいんやけど、て」

「天王寺?」

てっきり、酒井家の蔵屋敷か、泉屋にでも出向いたのかと思ったのだが……。

ほならうちはこれで、と、女将は背を向けて早足で去っていく。

天王寺に一体何があるのかと訝《いぶか》る甲次郎に、祥吾が言った。

「おい、まずいぞ。その百姓、酒井家の当主に直接訴え出る気かもしれん」

「なに?」

「さっき、酒井家の当主が次の大坂城代に内定したと言っただろう。その当主が、実は三日前から、大坂にお忍びで来ている。赴任地の下見のためにな」

「なんだと」

「下見となれば、いずれ大坂で世話になりそうな場所には、挨拶《さんけい》に出向く。寺社も、そのひとつだ。大坂城代になれば、市中の見回りの際に参詣しなければならない寺社がいくつかある。天満川崎《てんまかわさき》の東照宮《とうしょうぐう》と建国寺《けんこくじ》。台徳院《だいとくいん》様の御霊屋《みたまや》のある専念寺《せんねんじ》。それから、天王寺だ。天王寺は大坂市中で最大の寺、前もって挨拶に出向いておいて損になる相手ではない」

「だが、その天王寺に、酒井家の当主が参詣していることなど、なぜお光や良蔵に判るんだ」

そう言い返しながら、甲次郎はもう気づいていた。

二人のところに届いたという文だ。

その文が、二人をそそのかしたに違いない。

そして、その文をよこした相手は、ひとりしか考えられなかった。

泉屋の清太郎だ。

清太郎の狙いは、野上銅山をめぐって、とにかく騒ぎを起こさせることにある。

お忍びで大坂に来ていた藩主が、寺社参詣の途中に自領の百姓に駕籠訴されたなどとなれば、すぐに市中に噂が広まるだろう。

（いや、駕籠訴などではないかもしれない）

甲次郎の頭には、さらに悪い想像が浮かんだ。

お光は亭主を、良蔵は義弟を、酒井家に殺されたようなものなのだ。二人が死をも覚悟していたとしたら、駕籠訴などというまだるっこしい手段よりも、もっと思い詰めた手に出ることも考えられた。

佐七の仇を討つために、酒井忠邦の命を狙う可能性だ。

あるいは、それこそ、清太郎の狙いかもしれなかった。

藩主の駕籠を、百姓が狙うようなことがあれば、これ以上ない醜聞になる。

「甲次郎」

祥吾が言った。

「時間がない。すぐに天王寺に行った方がいい。……もしも本当にお忍びで酒井公が参詣にお見えだとしても、家臣がついていようから、本当に殺されるようなことはなかろうが」

「だが、逆に、そうなれば、お光と良蔵は殺される」

そうして、いずれにしろ、清太郎の目的は達せられるというわけだ。

天王寺などという人の集まる場所で、白昼に刃傷沙汰《にんじようざた》が起きれば、どちらにしろ、野上銅山をめぐる一件は、噂となって、あっという間に町中に広がる。江戸の幕閣の耳にも届こうし、そうなれば、酒井家も、いつまでも無茶をし続けるわけにもいかなくなり、いずれにしろ、銅山は閉鎖になる。

「二人を止めねえと」

銅山閉鎖は百姓たちの望みでもある。

だが、それは、こんな形で達成されるべきものではないはずだった。

女将の話では、二人が蕎麦屋を出たのは昼前だ。

今なら、まだ間に合うかもしれない。

「だが、お前は……」

そこで、祥吾が眉をひそめ、自分の刀をちらりと見た。

あのときは、甲次郎に刀を渡すこともできた。だが、これから捕り物になろうかというときに、奉行所の役人が刀を町人に手渡すことは、さすがにできなかった。

「大丈夫だよ」

甲次郎は笑った。

「匕首《あいくち》がありゃあ、なんとかなる……」

「刀なら、おじさまのお部屋に」

ふいに震え声が割って入った。

千佐がまだそこにいたことを、甲次郎は思い出した。

「うち、とってきます」

と、窺《うかが》うように甲次郎を見た。

甲次郎がうなずくと、強張《こわば》った顔のままで、母屋に駆け込んでいき、袖で隠すようにして、一振りの脇差しを手に戻ってきた。

「おじさまが、昔、甲次郎さんが家からいなくなったとき、どうせやったら渡してやればよかった、て言うて……」

ずしりと重い刀だった。

甲次郎はそれを手に取り、千佐に微笑《ほほえ》んで見せた。

「悪いな」

「あの……」

ためらいがちに、千佐は言った。

「……今日中には、帰ってきはる？」

一瞬、甲次郎は意表を突かれた。気をつけろ、とか、危ないことはするな、とか、そんな言葉を予想していたのだが、

「こないだみたいに、夜になっても帰って来ぃひんかったら、うちは、どうしたらええの？」

千佐はしっかりとした声で言った。

甲次郎は、少し考えた後、応えた。

「待っててくれ」

「けど」

「ええから」

それは、千佐を相手に、本当に久しぶりに使った大坂の言葉だった。

「ええから、この店で、待っといてくれ。おれは、必ず、ここに帰ってくるから」

千佐は、少し逡巡《しゅんじゅん》したようだったが、うなずいた。

「待ってます。丹羽様も」

千佐は祥吾にも顔を向け、

「必ず、ご無事なお顔を見せてください。信乃も待ってます」

祥吾は何も言わなかったが、かすかにうなずいたのが甲次郎には判った。

二

天王寺は大坂市中から難波新地《なんばしんち》を抜け、さらに南に位置する大寺院である。

大坂市中から、南に向けて伸びた寺町を、最後までたどっていくと、そこにあるのが、大坂最古の寺である四天王寺、通称天王寺だ。

聖徳太子《しょうとくたいし》の創建にかかるという由緒を持ち、伽藍《がらん》は幾度も焼けたが、戦乱で焼失したさいには豊臣秀頼《とよとみひでより》が再建をしたし、徳川幕府も、多額の喜捨を行っている。

享和元年（一八〇一）には、再び雷火《らいか》で焼失したが、市中を始め、全国からの寄進によって、現在は、伽藍のすべてが新たに建て直された。

大坂町人も、年に何度かは必ず参詣する、有名な寺だった。

人通りの多い難波新地を避け、寺町の通りを、甲次郎と祥吾は走った。

お光と良蔵を、何があっても、死なせたくなかった。

（そうだ、おれは、あの二人を守ってやりてえだけだ）

小浜藩主酒井忠邦を守りたいわけではない。決して、会ったこともないその男のために走っているわけではないのだと、甲次郎は自分に言い聞かせていた。

天王寺の五重塔は、曇りがちな空の下でも、長堀を越えたあたりから、はっきりと見えた。

市中からだと、天王寺のあたりは町場から一段高い上町《うえまち》台地の上にあり、遠くからでも、市中でもっとも高いその塔は目に入るのだ。

くちなわ坂を駆け上がり、甲次郎は、東北の門から境内に入った。

参詣客で賑《にぎ》わうのは、古い石鳥居の残る西の大門のほうで、こちらは、門の左右には宿坊が並んでいる。

それでも、石畳の両脇には、花や風車、菓子や土産用の摺《す》り物《もの》を売る連中が屋台を並べ、賑やかだった。

名所として有名でもあり、庶民の信仰を集める寺でもあるため、地元の者も、遊山客も、両方が訪れるのだ。

（この様子では）

少なくとも、まだ、近くで刃傷沙汰などは起きてはいないようだった。

あたりは、のんきに普段の賑わいを見せ、血相を変えて走り込んできた甲次郎にさえ、声をかけてくる摺り物売りがいるくらいだ。

いらねえよ、と追い払おうとして、甲次郎は思い直して訊《たず》ねてみた。

「二人連れの百姓が来なかったか。三十路《みそじ》前くらいの男と女だ」

「さあ、それだけではちょっと。いくらでもいまっせ、そないな客」

「——だろうな」

大坂でも、淀川端の蔵屋敷近くを百姓の男女が歩いていれば目立つが、こんな場所では、それこそ、遊山の百姓は数限りなくいる。

百姓だから生まれた土地から離れない、という時代ではないのだ。御伊勢参りだ何だと、誰もが気軽に遊山の旅をする。だからこそ、お光も、女一人で小浜から京を越え、はるばる大坂までやって来た。

「そやけど」

男が言った。

「さっき、なんや、もめとった二人連れは見たで。男のほうが、女に、ひとりで戻れ、いうてな。えらいしつこう繰り返しとって、結局、その男、女突き飛ばして、ひとりで走って行きよった。なんやったんやろな、あれ」

「その男、どんな形《なり》だった。日に焼けて百姓みてえな顔なのに町人風の着物を着てたんじゃねえか。女のほうは、こっちも色の黒い、背の低い女だ」

「……言われてみたら、そないな感じやろかなあ」

男は奥に向かった、女もそれを追っていった、半刻《とき》ばかり前だ、とだけ聞いて、甲次郎と祥吾は走った。

すでに小浜藩主酒井忠邦が、ここに来ているとすれば、どこかにそれらしい駕籠があるはずだ。お忍びだからといって、大名ならば、それなりの駕籠で動くに違いない。

宿坊の並びをまっすぐに抜けると、右手に六時堂《ろくじどう》と呼ばれるお堂、その向こうに回廊に囲まれた伽藍があり、講堂が手前に、五重塔が、いちばん奥にある。

参詣するとすれば、まずはそちらだろうが、仮にも大名の参詣となれば寺でも接待は行うだろうから、そうなれば、本坊にいる可能性もある。

二手に分かれよう、と、甲次郎は言った。

「判った。おれは講堂の方にまわる」

祥吾は素早く甲次郎の意図を飲み込み、気をつけろよと言い置いて、右手の人混みのなかに消えていった。

甲次郎は足を止め、すぐ目の前にある本坊の門前を眺めた。

門の向こうは、普段から、一般の参詣客の立ち入りが禁じられているから、さすがに、勝手に入っていくわけにもいかない。

だが、それはつまり、お光や良蔵も、中までは入れない、ということだ。

二人が狙いをつけるなら、駕籠が門から出てきた後だろう。

しばし、甲次郎は門から離れ、宿坊の板塀にもたれながら、辺りをうかがった。

甲次郎の目が、門のすぐ内側に、あきらかに参詣客とは雰囲気の異なる侍を見つけたのは、すぐのことだった。

まるで見張りのように、左右に二人、侍が立っている。

もしや、と思った、その瞬間だった。

門のなかから、先触れを伴って、陸尺《ろくしゃく》に担がれた駕籠が出てくるのが見えた。

門の脇の侍が、とたんに、かしこまって礼をする。

黒塗りの目立たない駕籠だが、あきらかに、高貴な者を乗せた駕籠だった。

蔵屋敷の家老あたりよりも、さらに身分のある者に違いない。

駕籠のすぐ脇には、壮年の侍が付き添っていた。

見覚えはない顔だが、恰幅のいい、それなりの地位にありそうな侍だ。

さらに甲次郎が驚いたのは、侍の後に、清太郎がいたことだった。

（あいつ、こんなところにまで）

良蔵とお光に、酒井忠邦をここで狙うよう唆《そそのか》したのは、清太郎だと考えて間違いはないはずだ。

にもかかわらず、その酒井の駕籠の脇を、素知らぬ顔で歩いている。

いつもとかわりなく、その顔にはりついている笑みに、薄気味悪ささえ、甲次郎は感じた。

しかし、見たところ、駕籠まわりに異変は感じられず、陸尺のほかに総勢で七、八人いようかという家臣たちも落ち着いている。

良蔵とお光は、あるいは、ここには来なかったのかもしれない。

と、安堵《あんど》したのも、一瞬だった。

駕籠が完全に門の外に出た瞬間、少し離れた屋台の陰から、一人の男が飛び出すのが見えた。

奇声をあげて駕籠に駆け寄る男の手には、包丁のようなものがあった。

「やめろ！」

甲次郎は叫び、とっさに、足下にあった石を拾い上げ、男に向かって投げつけていた。

「そんなもんでどうこうできる相手じゃねえだろ！」

石は良蔵の顔にあたり、良蔵は一瞬、動きを止めた。

だが、それでもかまわず、駕籠に走り寄る。

さすがに侍たちも異変に気づき、二、三人で駕籠のまわりを固めつつ、他に三人ばかりが、良蔵をとりおさえようと駆け寄った。

だが、死にものぐるいでわめきながら包丁をふりまわす百姓相手に、刀を抜いていいものか、ためらっている。

大名の駕籠に無礼をはたらいたのであれば、その場で斬り捨てても文句はいわれないものだが、しかし、ここは寺の境内だった。

下手《へた》に刃傷沙汰を起こせば、大名家の名を汚すことになる。

「かまわん、斬れ！」

声が、響いた。

駕籠の傍らにいた壮年の侍だった。

「島崎様……」

侍衆は、なおもためらっていたが、もう一度、島崎と呼ばれた男の冷酷な声が同じことを命ずると、ついに刀を抜き、ひとりが良蔵に斬りかかろうとした。

「待て——」

そこで、甲次郎は間一髪で走りより、その刃を自らの刀ではじき返した。

剣戟《けんげき》が鳴り、男が声をあげて跳ねとばされる。

「自分の領民だってのに容赦なしか。お前らがむちゃくちゃをやるから、百姓だって頭にくるんだろうが！」

甲次郎は刀を右手に、鞘を左手に、良蔵の前に立ちふさがった。

「なんだ、お前は」

「うるせえ、この百姓の知り合いだよ」

甲次郎は素早く刀を返して、目の前の男二人の、胴と肩に、それぞれ峰打ちを入れた。

もう人を殺す気はなかった。

だが、気を抜いていては、こちらが斬られてしまう。

声もなく崩れる同輩を見て、さきほど刀をはじかれた男が、泣き声をあげて腰を抜かした。

泰平の世に慣れきって、斬り合いの経験などほとんどない類の侍だろう。

無様な部下に舌打ちをしながら、島崎が、さらに三人に、甲次郎を斬れと命じた。

だが、新たに駆け寄ってきたその三人も、端《はな》から腰が引けていた。

所詮は、蔵屋敷で日頃は勘定方の役目についている侍だ。

これならたいしたことはない、と、余裕を持って、甲次郎は三人に対峙《たいじ》した。

そのとき、甲次郎は、駕籠をはさんで反対側にあった灯籠《とうろう》の陰から、お光が走り出てくるのを見た。

お光は懐に手を入れていた。

こちらも包丁でも握っているのだろう。

「やめろ!」

甲次郎の叫びは間に合わなかった。

お光は、駕籠に数歩走り寄った。

駕籠の脇には、島崎と清太郎しかいない。

島崎が、面倒臭げに舌打ちしながら刀を抜いた。

その刀が、容赦なくお光に向かって振り下ろされるのが見え、甲次郎は反射的に、手にした刀を島崎に向かって投げつけていた。

刀は、島崎の肩に刺さった。

だが、島崎は止まらなかった。

「逃げろ」

甲次郎は構わず、お光に叫んだ。

だが、お光は逃げなかった。

次いでお光の手が懐から取り出したものを見て、甲次郎は息をのんだ。

短銃だった。

お光は、顔を背けるようにして、震えながら目の前の島崎に向かって銃口を向け、引き金を引いた。

「……なんだと」

銃弾は侍の脇腹を貫き、島崎は、信じられないというように、お光を見た。

「なぜ……百姓ごときが、短銃など……」

お光の目が、怯《おび》えながらも、侍の隣にいる清太郎を見た。

その視線の動きに、はっとなったように、島崎もまた、清太郎を見た。

清太郎の顔には、いつも通りの微笑が浮かんでいた。

その満足げな笑みのまま、一歩二歩と後ずさり、清太郎は瀕死《ひんし》の島崎から離れようとした。

「貴様か……清太郎。……そうか、何やら陰で動いていると思ったが……企《たくら》みおったか」

清太郎は何も言わず、きびすを返して歩き出した。

もう島崎には追ってくる力はないと思ったのだろう。

だが、島崎は動いた。

「町人ふぜいが……恩を忘れおって」

「清太郎！　後ろだ！」

無意識のうちに、甲次郎の喉から叫び声が飛び出していた。

清太郎が振り向き、まさか、とその目を見張った。

瞬間、島崎の刀が清太郎の額を割った。

何の身構えもしていなかった清太郎は、悲鳴もあげずにその場に倒れた。

甲次郎は息をのんだ。

「てめえ……！」

清太郎が憎くないわけではない。

だが、武器を持たぬ町人にいきなり斬りつけることにも、何の正義も見いだすことはできないと思った。

これが武士のやり方だとしたら、そんなものを許しておいて、よいはずがない。

島崎が、さらによろよろと体の向きを変え、刃を再びお光に向けた。

お光は呆然《ぼうぜん》と、動けずにいる。

甲次郎は、狼狽《ろうばい》している三人の侍の脇をすり抜け、駕籠の向こう側に走った。

間一髪で、短銃を握りしめたまま立ちつくすお光と島崎の間に割って入り、振り下ろされた刃を、甲次郎は鞘で弾いた。

島崎が怯《ひる》んだ隙《すき》に、間合いに入り、腕をねじあげて刀を奪う。

さすがにもう、手にまともな力が入っていないのだ。

殺すのは簡単だと思ったが、甲次郎は、刃をあえて返し、首筋に峰打ちを入れた。

島崎は目をむいて地面に崩れ落ちた。

「……殿」

「島崎様！」

残された三人の侍が、ようやく、狼狽しきった表情のままで、駕籠に走り寄ってきた。

同時に、

「斬り合いや！」

「鉄炮撃っとるで！」

あたりもようやく、異変に気づき、参詣客が騒ぎながら集まり始めている。

甲次郎は、島崎の肩に刺さっていた刀を抜き取って鞘におさめると、お光と良蔵を呼んだ。

早くこの場を離れた方がいい。

駕籠のなかにいる男のことは気になるが、このまま野次馬に囲まれてしまっては、取り返しがつかない。

だが、そのとき。

駕籠の扉が中から開き、甲次郎の足は自然に止まった。

「殿！」

「ご無事ですか、殿」

廻りにいた藩士が次々に、駕籠に駆け寄る。

その藩士を手で押しのけ、中から一人の男が現れ、駕籠を降りて立ち上がった。

甲次郎の目は、その男に釘付けになった。

小浜の領地を治め、現在は寺社奉行の職にあり、じきに大坂城代に、いずれは老中にもならんとしているその男は、すでに四十半ばのはずだが、堂々たる偉丈夫だった。

浅黒い肌も、鍛え上げられた体軀《たいく》も、甲次郎の想像とはまるで違っていた。

甲次郎は、お光と良蔵を背にかばったまま、実の父親であるその男を見た。

「何ごとじゃ、この騒ぎは」

酒井忠邦は、眉をひそめ、家臣にただしたが、答えがあるはずはない。

白目をむいて気を失っている島崎はともかく、他の家臣たちは、何がどうなっているのか、まるで判ってはいないのだ。

そのとき、忠邦の足下で、かすかに動いた者があった。

島崎に斬られた清太郎だった。

「……泉屋の手代ではないか」

忠邦は、いまわの際にある清太郎を見下ろしながら、眉一つ動かさなかった。

おびただしい血を流しながら、清太郎は半身を起こし、懐から何かを取り出した。

それが何なのか察した瞬間、息をのんだのは、忠邦と、甲次郎だった。

それは、あの、蒔絵《まきえ》の懐剣だった。

忠邦は、目にした瞬間に、それが何であるのか、判ったようだった。

「これをどこで手に入れた」

忠邦の問いに、清太郎は答えなかった。

応えず、ただ、最期に甲次郎を見て、薄く笑った。

それきり力尽きて血に倒れ、清太郎は息絶えた。

忠邦は、懐剣を手に取り、しばし眼を見開いていたが、はっとしたように甲次郎を見た。

「まさか、これは、その方の……」

「知らねえよ」

甲次郎は、懐剣と、それを手にした父親を見据えて、言った。

「おれには関係ねえ。ただ、知り合いがあんたの家臣に殺されそうになったのを助けただけだ」

それを聞いて侍たちがいきり立った。

「な、何を言う！」

「乱暴をはたらいたのはそのほうらではないか。こちらの御方がどなたか判っているのか。このような真似をして、ただですむと思ったら……」

「よい、静まれ」

騒ぐ家臣をなだめたのは忠邦だった。

「忍びの参詣じゃ。騒ぐでない」

「しかし……」

「かまわぬ。狼藉者《ろうぜきもの》に襲われたが大事なかった、それで済ませるのじゃ」

血を流して倒れている藩士をも冷ややかに見下ろして、忠邦は命じた。

お役人が来たで、と野次馬のなかから声がしたのは、そのときだった。

こちらに走ってくるのは、丹羽祥吾だった。

遅えな、と甲次郎はつぶやいたが、胸中は、安堵していた。

役人か、と、酒井忠邦が眉をひそめ、かけつけた祥吾は、恐れながら、と、その忠邦の前に膝をついて礼をとりながら、言った。

「どちらの御家中か存じませぬが、この惨状、見逃すわけには参りませぬ。子細をお聞かせ願いたい」

「家中のことじゃ。大坂の役人には関わりない」

「しかし」

祥吾は怯《ひる》まなかった。

「町人がひとり、殺されております。町奉行所としては、放ってはおけませぬ」

清太郎の亡骸《なきがら》を目で指し示しながら、祥吾は断固たる口調で言った。

「ならば町人のことだけ取り調べるがよい。……行くぞ」

酒井忠邦は、集まってきた野次馬から顔を隠すようにして、再び駕籠のなかに戻った。

扉が閉められる間際、忠邦が見つめていたのは、にらむように見ている祥吾でもなければ、倒れている島崎でもなく、ただ、己の手の中にある古い懐剣だけだった。

陸尺が駕籠を担ぎ、黒塗りの忍び駕籠はゆっくりと動き出す。

「行くぞ」

甲次郎も、声を潜めて、お光と良蔵を促した。

今、大事なことは、お光と良蔵を、この場から去らせることだった。

結果的には二人は大したことはしていないが、それでも、大名の駕籠を襲った大罪人だ。

すぐに身を隠したほうが安全だ。

そうすれば、あとは、祥吾がいいように取りはからうだろう。

襲われた当人である小浜藩主が内々にと言っている以上、おそらく、事件は闇に葬られる。

しかし、人の口に戸は立てられない。

二人を追い立てるように場を離れる甲次郎の耳に、野次馬の誰かが叫ぶのが聞こえた。

「あ、あれ。泉屋はんとこの手代はんと違うか……」

「駕籠は、小浜の殿さんの駕籠やそうやで……」

三

一カ月が過ぎた。

内々に、と酒井忠邦自身が指示したにもかかわらず、小浜藩主が天王寺参詣中に狼藉者に襲われた話は、すぐに市中に噂となって広まった。

襲ったのが小浜の領民であり、背景には野上銅山の悪水による百姓との揉《も》め事があることも、数日後には、大坂の町雀たち、誰もが知っていた。

田畑を枯らし、河川を汚してでも銅山から儲《もう》けをあげようとした酒井家の政策への非難の声は日に日に大きくなり、駕籠を襲った者へは同情の声が向けられた。

その裏には、どうやら、現職の大坂城代である越後村上藩主内藤紀伊守《ないとうきいのかみ》と、小浜藩主酒井忠邦との政争もからんでいるようで、内藤家の家中が、ここぞとばかりに酒井家の落ち度を責め立てているのだ、とも言われた。

だが、それが真実であるにしろ、噂の出所は他にもあろう、と、甲次郎は思っていた。

事件の現場に居合わせた泉屋の手代が小浜藩士に斬られて死んだことも、噂として流れたが、その手代は、百姓を斬って捨てようとした小浜の藩士に対し、まずは話し合いをと割って入ろうとして代わりに斬られたことになっていた。

誰かを犠牲にして騒ぎを起こさせ、野上銅山に絡む醜聞を広めるのが泉屋の狙いだったとしたら、すべては計算通りだった。

ひとつだけ予定と違ったとすれば、その犠牲になったのが、お光と良蔵ではなく、他ならぬ泉屋の清太郎だったことだ。

「野上銅山はもう終わる」

久々に若狭屋を訪れ、離れに顔を見せた丹羽祥吾が、甲次郎に言った。

悪水をめぐる百姓との揉め事が、これだけ噂として広まってしまっては、さすがに、酒井家としても、どうしようもなかった。

酒井家は、年内にも野上銅山を閉山することに決定した、と、これもまた、市中の隅々にまで、噂が広まっていた。

「こっちの噂の出所ははっきりしている。泉屋の当主、ご本人さまだ。あちこちで触れ回っているらしいぞ」

祥吾は言った。

泉屋にとっては万々歳の顚末《てんまつ》なのだろうか、と、甲次郎は思った。

「手代一人の命と引き替えに、店を守った、か」

この顚末を知ったら、清太郎はどんな顔をするのだろう。

満足げにうなずくか。

それとも、自分が死んでは意味がなかったのだと歯がみをするか。

どちらであっても、それはあの男に似合いのような気がした。これが大坂商人のやり方だといつも微笑を浮かべていたあの男にふさわしい。

「もっとも……これ以上、ことの詳細を追及することは、やはり難しい。利兵衛殺しも、佐七殺しも、このままうやむやになる可能性が高い。すまぬ」

祥吾は悔しげに、甲次郎に頭を下げた。

内々にと言われても、これだけ噂が広まってしまうと、東西の大坂町奉行をつとめる柴田日向守《しばたひゅうがのかみ》、中野石見守《なかのいわみのかみ》ともに、さすがに見逃すことはできず、天王寺での一件の真相究明を酒井家当主に求めた。

が、当の酒井家は徹頭徹尾、事件の詳細を語ることを拒み、ただ、市中を騒がせた責めを負い、現場にいた小浜藩勘定方島崎与八郎が切腹した、とだけ、奉行所には報告があった。

「それ以上はどうしようもない。だが、それはそれでよかったかもしれんと、おれは思っている」

酒井忠邦を襲った狼藉者が誰であったのか、奉行所が詳細に探索を行うことになれば、お光や良蔵も、無事ではすまないだろう。むろん、甲次郎もだ。

だが、それも、調べられることはなくなった。

酒井家をめぐって騒ぎがあったが、それはもう片づいた。町奉行所で、そう決定がくだされたのだ。

「納得できる結末だとは言わないが、それで守れたものも、ある」

まあな、と甲次郎は曖昧《あいまい》にうなずいた。

役人に咎《とが》められなくとも、人を斬った罪、人を殺そうとした咎は消えるものではない。それは甲次郎とて判っているし、お光や良蔵も、胸に傷を持ち続けることになるだろう。

「まあ、そうは言っても、これだけですべてが終わるわけでもないだろうがな」

甲次郎の胸の内を読んだかのように、祥吾は言った。

「酒井家の当主はじきに城代として大坂に乗り込んでくる。町の豪商たち《たち》は城代が替わるごとに顔色が変わる。なんだかんだとたかりに来るからな。質の悪いのが来た日には、分家のひとつくらい生《い》け贄《にえ》に差し出すことになる。泉屋とて、安穏とはしていられまい」

「質の悪いの、か……」

甲次郎はぽつりと繰り返した。

領民を苦しめ、豪商にたかり、悪名を町中に広げた男は、母の形見の懐剣を、大切なものを扱うように懐に抱いて去った。

そして、その男は、近いうちに、大坂城に来る。

天下の台所、商人の都を見下ろすあの城に、もっとも巨大な権力を持つ存在としてやってくるのだ。

そのとき、自分は、どうするのだろう。

自分だけではない。

その男がこの町に来ることに特別な感情を抱いているのは、若狭屋宗兵衛も同じかもしれなかった。

（武家の血、か……）

甲次郎は、自分の手のひらに目を落とした。

母屋から琴の音が聞こえてきたのは、そのときだった。

お信乃殿だな、と祥吾はつぶやいた。

「お前、判るのか」

「何がだ」

「琴を弾いているのが誰か」

祥吾は一瞬言葉に詰まったが、普通は判るものだろう、と言い返した。

「まあ、そうだな。おれも、千佐じゃねえことは判る」

甲次郎は、さて、と膝に手をついて立ち上がった。

「話もひと区切りついたところで、おれはこれから出かけるところがあるんでね。悪いが、今日のところは、ここまでだ」

相変わらず気まぐれだな、と言いたげに肩をすくめた友人に、甲次郎は続けて言った。

「お前もどうせ、信乃に顔を見せてから帰るんだろう。もう一カ月も顔を見ていないと、信乃が寂しがっていたぞ」

わざわざそんなことを言わなくても、祥吾はきちんと、母屋に寄って、信乃にも、宗兵衛にも挨拶をしてから帰るだろう。

このきまじめな友人が、母からの土産だなどと言い訳をつけて、母屋の女中に南蛮《なんばん》菓子の類を渡していたのを、さっき、甲次郎は見ていた。

じゃあな、と言い置いて、甲次郎は下駄をつっかけ、庭に出た。

勝手口にまわると、そこにはすでに、千佐が風呂敷包みを手に、甲次郎を待っていた。

今日は、お光と良蔵が小浜に帰る日だった。

事件は内々で処理され、小浜藩の内部でも、駕籠を襲った二人を追っている様子もない。

となれば、一日も早く村に帰りたい、と言い出したのは、お光と良蔵だった。

二人を、千佐とともに見送りに行くことになっていたのだ。

天王寺での一件のあと、甲次郎は二人を、師匠のもとに連れて行った。

未遂に終わったとはいえ、二人は、大名を殺そうとした咎人《とがにん》だ。奉行所が一件を本気で調べ始めたら、命が危ない。

百姓の泊まり客をもともと快く思っていない蕎麦屋の二階では、匿《かくま》うには不安で、だからといって、若狭屋では、さらに役人の目に付きやすい。

迷った末に、甲次郎が頼れるのは、やはり、御昆布屋の了斎しかいなかった。

天王寺から天満までは、市中の端から端までといえるほどに離れているが、それでも、ほかには頼れる相手はいなかったのだ。

「なんや、よう知らんけど」

了斎は、面倒臭そうに頭をかきながら、言った。

「お前さんの頼みやったら聞いたらんならんやろ。その代わり、今度、天王寺の福屋か戎橋《えびすばし》の大与《だいよ》で何かおごれや」

「判りましたよ」

　どちらも、大坂の一流料亭だ。うわばみで大食らいの師匠を連れて行ったらどれだけかかるか判らないが、そんなふうに冗談まじりの気軽さで、何も聞かずに頼みをきいてくれる師匠に、甲次郎は胸の内で手を合わせた。

　その後、祥吾ら奉行所役人が天王寺の事件をどう処理したかを気にしながら、甲次郎がとりあえず若狭屋に戻ったときには、もう黄昏時《たそがれどき》だった。

　あたりには人影もまばらだというのに、千佐はひとり、薄闇のなか、勝手口の前に立って、甲次郎を待っていた。

　胸の前で両手を握りしめ、うつむいて立っていた千佐は、甲次郎の足音に気づくと顔をあげ、見る間に泣きそうに表情をゆがめた。

　だが、泣かずに、ただ、お帰りなさい、と千佐は言った。

　そのときに、自分の帰る場所は、やはりここしかないと、甲次郎は思った。

　今も、隣に立つ千佐を見て、同じことを、甲次郎は思う。

　連れだって心斎橋筋を歩き出しながら、千佐は、手にした風呂敷包みを甲次郎に示して言った。

「心斎橋の福本鮓《ずし》で買った穴子の箱鮓と虎屋饅頭《まんじゆう》。途中で食べてもらうのにええやろ、って思て」

どちらも店の前に行列の絶えたことがない、大坂では知られた店で、大坂に来ていながら、遊山に出る余裕もなかったであろう二人に、ふさわしい土産だ。大坂の娘らしい気遣いだな、と甲次郎は微笑した。

千佐の笑顔を、甲次郎があらためて、見下ろしたとき、視界を一羽の鳥が横切った。

はっとなった甲次郎の目の前を、鳥は、一瞬で飛び去っていく。

そういえば、あの遣いの鳩は、今どのあたりにいるのだろうかと、もう一度、空を見上げると、西の方から雲が切れ始めるのが見えた。

秋晴れの一日になりそうだった。

この作品は双葉文庫のために書き下ろされました。

双葉文庫

つ-08-01

甲次郎浪華始末《こうじろうなにわしまつ》

蔵屋敷《くらやしき》の遣《つか》い

2004年9月20日　第1刷発行

【著者】
築山桂《つきやまけい》

【発行者】
諸角裕

【発行所】
株式会社双葉社
〒162-8540 東京都新宿区東五軒町3番28号
[電話]03-5261-4818(営業) 03-5261-4833(編集)
[振替]00180-6-117299
http://www.futabasha.co.jp/
(双葉社の書籍・コミックが買えます)

【印刷所】
株式会社亨有堂印刷所

【製本所】
株式会社宮本製本所

【表紙・扉絵】南伸坊
【フォーマット・デザイン】日下潤一
【フォーマット写植】飯塚隆士

ISBN4-575-66181-3 C0193